楊照
經典學

楊照——著

忠於自己靈魂的人

卡繆與《異鄉人》

目次

自序

擴張視野，看見繁花盛開的庭園

幸運活在經典已存的時代

我年少學小提琴，我的老師每每在我練習演奏中，用一種凝重、嚴肅的態度低聲說：「李明駿，你是誰啊？你是誰啊？」「李明駿」是我的本名，既然你都叫出我的名字了，爲什麼還問我是誰呢？我不就是「李明駿」嗎？這是什麼莫名其妙的問題！

和老師多上了幾年課，我逐漸了解他那話其實不是問題，而是感慨。然後要再等十多年，讀了夠多的書，有了比較像樣的人生歷練，我才有能力解釋老師究竟在感慨什麼。

他的感慨來自於音樂的美好，和我們個人才分、能力之間的巨大差異。很簡單，但卻很少人自覺認知的事實——如果單純依憑自己有限的才分與能力，我沒有機會聽到莫札特、貝多芬的音樂；單純依憑我有限的才分與能力，我更沒有資格拉出莫札特、貝多芬的小提琴音樂。

「你是誰啊？」是我的老師用來提醒自己、提醒我保持謙卑的方式。面對那麼美好的音樂時，想想自己有多幸運。我自己絕對寫不出那麼美好的音樂，窮我終身的努力，我大概連一條舒伯特的旋律都寫不出來。有比我聰明十倍百倍的海頓、莫札特、貝多芬、舒伯特、舒曼……我今天才能聽到這樣的音樂；也還要靠耳朵比我敏感一千倍、手上功夫比我靈巧一百倍的製琴師、演奏家，累積了他們的成就，才讓我能夠快速學到這套指法、這套弓法，在聲音飽滿的琴上拉出像樣好聽的音樂。

沒錯，琴是我在拉，然而重點是，我應該要了解自己竟然製造出了依照個人才分、能力，原本沒有資格、沒有辦法擁有的美好音樂。

謙卑，才會珍惜。人類最了不起的特色，是懂得傳承、累積。前面的人發明、創造的東西，可以透過語言、文字、物件留給後面的人，讓他們不必再重新發明創造一次。想想如果每一代人都必須重新發明輪子，那麼人類今天的生活會是什麼模樣！

這叫做文明。文明就是在我們生下來的那一瞬間，就已經有幾千年累積下來的美好東西供我們取用，據為己有。我的老師要我知道：不只這些東西那麼好（so good），而且這些東西其實too good for us，遠超過我們值得擁有的。

經典就是那些那麼好，而且往往too good for us，遠超過我們值得擁有的書。我們的聰明才智絕對不足以產生這樣的想法、創造出這樣的內容；但我們夠幸運，活在經典已經產生、已經存在的時代，理所當然經典就在那裡。不管你的聰明才智和經典有多大的差距，只要你願意，你就可以跳過所有的累積階段，直接吸收經典的高妙內容。

不要把大師看成是和我們同等級

這裡有一組考題，第一題是：「我們通過勞動獲得什麼？」如果被問到這個問題，你會怎樣回答？第二題：「所有的信仰都跟理性牴觸嗎？」如果被問到這個問題，你又會怎樣回答？

還有另外一組考題，第一題：「如果沒有了國家和政府，我們就會變得更自由嗎？」第二題：「我們都有追求真理的責任嗎？」面對這樣的考題，你又會如何回答？你有把握能說得出、寫得出答案來嗎？

兩組考題，出自二〇一二年法國大學入學考試，前一組是考文科生的，後一組則是考理工科學生的。換句話說，在法國，要念大學，不管你選的是什麼科系，都得考哲學，一直到今天都還是如此。法國的高中生必須要能回答得出這樣的問題，才進得了大學。

法國人會有他們自己獨特的思考風格，會用異於其他人的方式寫文章、討論事情，絕非偶然。他們的哲學教育傳統，是背後強大的決定性力量。兩組問題拿去問台灣一般高中畢業生，大概沒幾個人給得出像樣的答案吧？我們的社會沒有哲學教育，不考哲學，只考「作文」。拿台灣的大學入學「作文」題目和法國的考題相比，任何人都會察覺其中思想性的巨大差異。不需要什麼思考能力，都能應付像「通關密語」這樣的作文題目，然而沒有一定的思想訓練與累積，絕對無法回答「我們都有追求眞理的責任嗎？」

如果沙特或卡繆於九泉之下，給他們看這份哲學考題，他們的反應應該會是：「我的老天，考得這麼簡單？想不到法國高中生的哲學程度竟然低落到這種地步！」

他們有充分理由如此哀嘆。沙特考高等師範學院時，要回答的一個哲學考題是：「整理『理型論』在歷史上的種種變形。」別說十八歲，就算到五十歲，對於這個題目我都只能想到答案應該要觸及柏拉圖「理型論」的原始說法、新柏拉圖主義的修正、中古阿奎納神學中的運用，勉強猜測斯多葛學派、諾斯替學派可能對「理型論」有些不同的看法，如此而已。

讀卡繆或沙特，或其他法國人的作品，我們應該時時警覺：在哲學訓練與思想方法上，他們和我們之間存在著近乎無可彌縫的巨大差異。要進入他們的世界，熟悉他們的表達，吸收他們的意念，我們不能不想辦法多給自己準備一點哲學思辨的工具。

這時候小提琴老師給的提醒就很貼切、很有用了。不要抱持一種把貝多芬看成是和我們同等級的態度，來聽貝多芬的音樂；也就不要以卡繆、沙特的腦袋跟我們一樣的假設，來讀他們的作品。

並不是說我們應該、甚至只能崇拜、仰望他們，全盤接受貝多芬寫的每一個音，全盤接受卡繆、沙特寫的每一句話。不是這個意思。而是心中澈亮明白他們身上有一種我們沒有、遠高於我們的才能，我們必須有意識地在這方面努力把自己往上抬，才能到達在理解上（當然不可能是從創造上）跟他們平起平坐的位置。如果不這樣努力，隨便、糊塗地以爲自己知道貝多芬，了解卡繆、沙特，那就只是把他們往下拉到我們的等級，浪費了他們的驚人才能，也浪費了我們花在聽音樂、讀書上的時間精力。

只有意識到貝多芬有我們絕對想不到的安排和聲與突強音節奏效果的方式，我們才會認眞且驚異地聽到音樂中的神奇和聲進行，並感佩地了解爲什麼突強音會是貝多芬音樂風格中最明顯的印記。同樣地，只有我們意識到卡繆、沙特以我們不會自然採取的一種哲學思辨程序，來看待世界、來評斷是非、來決定生活的選擇，我們才能認眞且驚異地接收他們解決舊困惑並提出新困惑的深刻刺激。

一切都來自於人的「意識」

他們跟我們是不一樣的人，關鍵的差異在哲學思考的細密程度。我們不會做他們做的事——不會想要做，也沒有那樣的能力來做。像沙特的《存在與虛無》，那不是散文、不是人生反思、也不是勵志建議，而是一部極其龐大又極其嚴密的哲學論著。用嚴格的哲學思辨，先推回到一個至小無外的起點，再從起點透過一步步的邏輯論證，重建一套對於整個實體世界的解釋。

他的起點是人的「意識」。我能夠掌握、作爲思考內容的，來自於我感受到了什麼。「我感受到這個杯子」或「我感受到在我眼前三十公分處有一個杯子」，這是一切的起點。我感受到杯子，並不必然證明那裡有杯子；反過來，那裡有杯子，也不必然我就一定能感受。杯子的實體和我對杯子的感受不是同一回事。我能有把握的，不是杯子，而是我對杯子的感受。同樣地，距離感、「三十公分」的度量，都是源自感受，不是先於感受的事實。分析到最後，「意識」是作爲人的存在中，我們與外在世界關係退無可退的起點。

一切都來自於「意識」。沙特反對笛卡兒「我思故我在」的論辯。「我思故我在」比較精確的翻譯應該是「我懷疑故我在」。笛卡兒主張：我們可以對所有的事物、所有的現象、所有的活動抱持懷疑態度，不信任其存在的眞實性，但唯有一件事是不能懷疑的。我們懷疑、探索世界不得不有的基礎起點，就是「我正在懷疑」、「我正在思考」的這項事實。我不能懷疑我自己正在懷疑、正在思考。懷疑、思辨，證明了我的存在，然後我們才能在這個存在基礎上，去懷疑、去思考從自身到宇宙的所有一切。

沙特批判：「我懷疑故我在」不是一個開端，而已經是一個推論。「我懷疑」表示你已經意識到你在思考這件事。起源不是「我懷疑」，而是我有一種意識到自己思考、懷疑活動的能力，「意識」才是更後面、更根本的起點。

我沒有要在這裡討論沙特的「意識」，只是舉這個例子來顯示什麼是哲學論辯，哲學論辯和我們一般的思考習慣又有著多大的差距。沙特既依循又挑戰笛卡兒的論辯。他和笛卡兒一樣，相信我們應該要去找出一切思考邏輯的起點，但他認爲自己在這方面找到了比笛卡兒更好、更適當的答案。以「意識論」取代「我思故我在」，沙特同時也就挑戰了每一位思考者：你能找到比「意識」更根本的思辨邏輯起點嗎？

我們不這樣想事情，我們不在意思考應該有怎樣的起點。然而若是明瞭了他們的在意、他們追求這個問題時展現出的超凡能力，我們會對「存在主義」中關於人生的種種意見有不同的感受，「存在主義」帶給我們的衝擊影響，因而將遠遠超過幾句警語、幾句模稜兩可的格言。

兩個現實

沙特以「意識」爲起點，重新建立人的世界。「意識」怎麼開始的？「意識」開始於一個被意識的對象。「意識」是針對外於意識的某個事物而發生的，對一本書的意識、對桌子的意識、對時間的意識、對回憶的意識……「意識」是個別針對一個個不同對象而興起生發的。不同對象刺激的不同「意識」之間並沒有必然的連結，也就是衆多紛紜的「意識」無法靠「意識」本身保證後面有一個統一的「意識者」主體。

人的存在，在最根本的層次，是這些個別紛紜的「意識」。我意識到這個空間，意識到空間中有一百多個人，意識到其中的一個人，意識到他身上的衣服，意識到他衣服上的白……這些都是「意識」，針對不同對象所產生的「意識」。無窮多的「意識」，是我們跟外在世界眞正的連結；外在世界以「意識」和我們個人發生關係。

沙特主張：紛紜的「意識」是第一序的，從這些紛紜的「意識」中才產生了第二序的假設——應該會有、應該要有一個接收這些多樣不同「意識」的「我」存在吧！有對象的「意識」是實在的，統合接收這些「意識」的主體「我」卻是假設、虛構的。

由此隨而有了沙特主張的兩個現實、雙重現實。一個是「意識」所構成的凌亂無序的現實，另一個是整理出秩序，將這秩序假設爲「我」、爲「自己」的另一套現實。

光看沙特《存在與虛無》的論證起手式，我們就不得不承認：以如此細密的哲學方式來解析、解釋我們的存在，是件超乎我們日常能力之外的成就。我們還不得不承認：能夠創造出這種論辯的美好哲學心靈，是值得我們羨慕的，至少是值得我們認眞學習理解的。正因爲我們沒有受過這樣的訓練，我們應該、我們可以更謙虛地一步一步去重建這套論辯的每一個環節，從中獲得一種原本不在我們生命中的智識領悟與享受。

一扇小視窗不等於全世界

每一次介紹、解說這些了不起的智識心靈產物，我都無法克制地抱持著一種強烈的熱情，希望能藉我有限的一點能力，讓過去沒有接觸過這些思考的人，感受到其中的火與光，覺得自己生命的一角因而被點燃了。我會盡量展現這些複雜思考最有說服力、最美好的一面，將自己化身爲這個作者或這套哲學的代言人。

我並不百分之百同意、贊成卡繆，我更不是一個「存在主義」的忠誠信徒。我努力做的，是讓大家能夠讀到經典書籍中最美好、最深刻的內容，以便自己來判斷、決定。無論接受或不接受卡繆與「存在主義」，至少我們不要在一知半解的情況下判斷、決定，更不要只碰觸了卡繆與「存在主義」的皮毛、糟粕就倉促做了正面或負面的判斷、決定。

我眞正相信的，是人應該追求、珍惜碰觸各種不同生命主張的機會，盡可能擴張視野，看見那繁花盛開的庭園，從中選擇自己覺得最美、和你最相稱的景色。讓我最不安的，是有些人透過一扇很小很小的現實生活的窗看出去，以爲世界就等於那扇窗。他在那一點點小視窗中選來選去，這個好些呢、還是那個好些？看他的選法，我們忍不住替他著急，想跟他說：「還有那麼多其他的你都沒看過，你怎麼確定這是最好的、最適合你的呢？」還有一種人，他甚至不是對著窗口，而是對著一小幅一小幅失眞褪色的畫片，煞有介事地選擇哪一片風景比較美、比較合宜。我們能不迫切地想告訴他：「你根本還沒看到眞的風景，也不知道眞的風景和畫片的差距，選什麼選！」嗎？

存在主義從未過時落伍

二〇一二年，我在「誠品講堂」的「現代經典細讀」課程中，選了六本以法國爲主題的書。全年的課程簡介中提及了：「我們不一定能夠清楚地說出來，但總隱約地覺得有一種特殊的『法國調調』（Frenchness），貫串了文學、哲學、電影以及巴黎人的生活……今年的課程將透過幾本書來追究『法國調調』，由現代主義、存在主義、結構主義等面向切入。第一期首先選讀波特萊爾的《惡之華》與福婁拜的《包法利夫人》……第二期選讀以存在主義爲意念中心的卡繆《異鄉人》、沙特《存在與虛無》；第三期則以李維史陀《憂鬱的熱帶》、德希達的《書寫與差異》作爲結構主義分析法國思想的主要書目。希望透過不同時代的幾本書目來接近、解釋『法國調調』是怎麼建構出來的，並且利用閱讀來探索我們和『法國調調』之間的關係。」

針對講授《異鄉人》和《存在與虛無》的初期課程，我也寫了一段簡單的介紹：

「『存在主義』很可能是人類歷史上最受歡迎的哲學思潮，在二十世紀中葉，從法國傳流、感染了全世界。那麼艱難而且看似違背常識的思想、主張，怎麼會像野火般燎原，狂捲一整代的歐美年輕人，甚至延燒到歐美以外的地區？認眞扣問這個問題，不只是我們理解二十世紀的關鍵，也是我們理解法國現代社會、文化的關鍵。要趨近『存在主義』，卡繆的小說和沙特的哲學論辯同等重要，可以彼此對讀映照。藉閱讀卡繆和沙特的作品整理『存在主義』，還必然帶來另外一種強烈的感受——『存在主義』或許退流行了，卻從來沒有眞正過時落伍。」

這本討論、解讀卡繆作品與思想的小書，就是從「誠品講堂」的授課內容脫化整理而成的。將當時設計課程的一些想法抄記在此，一方面留誌源起，另一方面或許對感興趣閱讀此書的朋友，可以有點提綱挈領的幫助。

是爲序。

第一章　荒謬的人

閱讀讀不懂的書

讀你讀不懂的書，比讀讀得懂的書，要來得重要、來得有價值，這是我一貫的信念。

在今天這個時代，我們養成一種理所當然的習慣，遇到我們不懂的東西，可以極其心安地避開，甚至直接表現厭惡之情。應該提醒一下：放在人類漫長的歷史文明中來比較，這種我們認為理所當然的態度，沒那麼理所當然。絕大部分的時間、絕大部分的人類社會，都不是用這種態度看待不懂的事物。我們是少數，甚至是極少數。

隨手翻開來，看到你沒辦法第一眼就知道在寫什麼的書；拿著遙控器，剛好電視頻道上在播一部看了一分鐘都還讓你滿頭霧水的電影，你會如何反應？立刻把書放下來，轉而尋找你熟悉的作家、看來很容易懂的書名？立刻轉台去看新聞台或連續劇？

那麼你就錯失了一個擴大自己生命經驗的機會，選擇逃回自己本來就熟悉的範圍裡，不是嗎？世界上有很多明明白白讓你看不懂的書，無法一下就搞清楚究竟要幹嘛、要表達什麼的電影；更重要的，世界上有一些書、一些電影，可以讓你用兩種不同的態度來接收、來閱讀。

一種方式是假定書中、電影裡要說的，是你熟悉的事，你就用你既有的生命經驗來予以解讀；另一種則是先假定了書中、電影裡要說的不是那麼簡單、那麼符合你理解慣性的內容，改而採取一種陌生、有距離、努力去破解其中暗藏意義的方式來閱讀，那麼你得到的，會是很不一樣的感受。正因爲艱難，所以必定更深刻，也必定存留更久。

沙特[1]的《存在與虛無》（*L'Être et le néant*），是明明白白讓你看不懂的書，沒有一段話，甚至沒有一句話可以讓你輕輕鬆鬆滑過去。每一句話、每一段話都設有不同的閱讀關卡，或大或小、或高或低，不斷卡住閱讀的腳步，要你停下來思考。

卡繆[2]的《異鄉人》（*L'Étranger*），則是那種奇特的多焦文本，既容許讀者把焦距調得模糊些，稀里呼嚕快速看過去；卻也經得起把焦距愈調愈近，愈讀愈慢，邊讀邊質疑邊思考。

---

1 沙特（Jean-Paul Sartre，一九〇五～一九八〇），法國思想家、存在主義代表人物。一九六四年諾貝爾文學獎得主，但拒絕領獎。其《存在與虛無》（*L'Être et le néant*）是存在主義的顚峰之作。

2 卡繆（Albert Camus，一九一三～一九六〇），法國小說家、存在主義代表人物。一九五七年獲得諾貝爾文學獎，其代表作《異鄉人》（*L'Étranger*）爲不朽經典。

讀《存在與虛無》，主控權在作者，規定你得具備了他要求的邏輯能力與哲學背景，才通得過他設定的閱讀障礙，看到他為我們打開的奇特思想風景；讀《異鄉人》，決定權卻在讀者，你打算用什麼樣的方式接近、叩問這本書，扣小應小、扣大應大，任君選擇。

幸福存在的初衷

在生活上我最討厭兩樣東西，一樣是溫湯，不熱的湯；另一樣則是敷衍的掌聲。兩樣東西對我而言有著共通之處——違背了這樣東西存在的初衷。

如果不是為了享受熱湯進到身體裡帶來的急遽溫度變化感受，幹嘛煮湯？煮湯耗費的力氣與能量，應該要帶來特殊的功能，才能合理化其存在。我們生活裡充滿了多少不費力不耗能量的小幅溫度變化現象，如果只是要稍微冷一點、稍微熱一點，那不必費力造冰吃冰，也不必費力煮湯喝湯。吃冰、喝湯，追求的顯然是無法用別種方式滿足的戲劇性溫度變化才對吧！

那掌聲，尤其是我們今天習慣的集體鼓掌方式，怎麼來的？至少有一種溯源的考據說法是：來自於文藝復興時代的歐洲，來自文藝復興時代歐洲劇場的轉變。中古時期，只有一種劇場，就是以搬演《聖經》內容或聖者事蹟來加強信仰的「宗教劇場」，和教會、教堂有著密切關係。爲什麼用戲劇來表現？那是要創造一種「擬眞」的情境，把人暫時從世俗的「人間之城」送進「上帝之城」，一窺「上帝之城」的神聖與高貴，如此在對比中就會更加嚮往「上帝之城」，不會流連留戀「人間之城」。

戲劇的本質是transportation，藉由劇情、表演，把看戲的人從現實時空中暫時「轉運」到舞台所搬演的時空裡。但文藝復興時代出現了不以耶穌或使徒或聖者爲對象的新戲劇，即「世俗劇」，從這樣的概念看去，可就有了嚴重的問題。

同樣的劇場，同樣的劇場效果，那麼「世俗劇」不就將人的靈魂攝到了另一個世俗的情境裡了嗎？靈魂被「宗教劇」攝走和被「世俗劇」攝走，有根本的差異：看「宗教劇」入戲了回不來，沒有關係，甚至是件好事。看了描述聖方濟生平故事的戲，無法回神忍受墮落污穢的現實，於是這個人就去過一種如同聖方濟般的生活，他的生活和周圍的人格格不入，看來瘋瘋癲癲的，但那是一種好的瘋癲，一種更接近上帝的生存方式。

看了「世俗劇」回不來，完全是另一回事。看看那個時代的小說經典塞萬提斯的

《唐吉軻德》吧！整本書描寫的，不就是一個因爲讀了太多「騎士遊俠羅曼史」，以至於相信自己是個「騎士遊俠」的人嗎？陷入在那個騎士世界出不來了，於是而有唐吉軻德的種種荒誕行徑。看小說都能看成這樣，何況戲劇往往有比小說更直接、更強烈的感染力量！

教會對「世俗劇」很擔心、也很反感。反感原本用來承載神聖內容的形式被世俗化了，擔心許多人的靈魂會在看戲過程中被攝走。所以剛開始「世俗劇」是在逃避教會禁制懲罰的情況下偷偷發展的。但「世俗劇」實在太迷人了，很快就沖倒了教會的防線，在各地快速風靡，如此過程中，留下了鼓掌，尤其是表演結束後集體鼓掌的習慣。

鼓掌是什麼？爲什麼要鼓掌？依照歷史解釋，是爲了把魂叫回來。那是戲劇與現實間的一道界限，戲結束了，藉由龐大吵鬧的聲音，標示出人回到了現實，改由現實接管，本來迷離於戲劇時空的靈魂，如同入睡的意識般被叫醒了。

鼓掌有其功能，有其必要性。什麼時候鼓掌？舞台上的表演愈精采，勾魂攝魄的效果愈大，觀衆就愈需要努力「叫魂」，把自己喚回現實裡，免得沉醉在舞台時空找不到路回家。

敷衍的鼓掌，明明高官在台上講了一堆一點都不吸引人的廢話，講完之後全場還要鼓掌，偏離了歷史本意，淪爲形式，不再是自發地爲了自己、爲了救回自己的靈魂而鼓掌，成爲一種不誠實、自欺的行爲。

不忠於自己靈魂的人

卡繆的《薛西弗斯的神話》（*Le Mythe de Sisyphe*）書中有一段，就提到了教會對於演戲及看戲的基本敵對立場。卡繆提醒我們，演員是一種什麼樣的人？他們是不忠於自己靈魂的人，拒絕只用一個靈魂過一輩子。教會無法忍受這種把自己換進到不同角色、不同生命裡不斷嘗試各種欲望的行徑。

教會看重的是永恆，而永恆和戲劇無法並存。演員只花三個小時，就過了舞台上的一生；或者他們所體現的生命，就只有那短短三小時的長度，離開了戲，那生命就不存在、無法存在，和永恆形成了激烈對反。

角色是人，所以角色也有靈魂。但角色的靈魂，只有三小時的「賞味期限」，而且只能在極爲特定的條件下存在。這角色沒有「之後」，戲結束的剎那，他以及他的靈魂就結束了。沒有死後，靈魂當然也就不會上天堂或下地獄，徹底逆反了教會的靈魂觀與永恆觀。我們要如何理解、看待如此短暫、飄渺的靈魂？

戲劇的角色，是人又不是人，挑戰了教會的權威，甚至挑戰了基督教的教義基礎。沒有永恆、沒有在死後接受審判的靈魂，那麼基督教就不成其為基督教了。原罪、救贖、審判、悔改……這一連串的基本信念，都源自於靈魂與永恆。沒有可以在歷史盡頭接受審判的靈魂，教會要用什麼方式說服人們虔信，又要從哪裡得到其權威呢？

《神曲》中，但丁走了「地獄」、「煉獄」、「天堂」的不可思議超越旅程，而走到任何地方，他都要跟我們報告在那裡遇到了些誰。這就清楚表示了，人生前的身分會一直留著，到「地獄」、「煉獄」、「天堂」裡去受罰或得賞。沒有永恆、沒有一貫不變的靈魂，哪還能有「地獄」、「煉獄」、「天堂」呢？

藉由戲劇與演員，卡繆點出了基督教的種種假設。「那極度邪惡的職業，會引起巨大的精神鬥爭。所有的戲劇基本上都是這樣的選擇。」在這段話之後，卡繆說了一個法國女演員的故事。這位演員臨終彌留時表示願意受洗、願意對神父告解，但即便到了生命最後一刻，她都不願放棄演員的身分，於是神父就拒絕了給予她死後救贖機會的臨終告解儀式。卡繆說：她選擇專注的熱情，而放棄了上帝。這樣一個在臨死的痛苦中，流淚拒絕背棄她自己所認定的藝術的人，表現了一種她過去在舞台上不曾有過的偉大。

「這個時代的演員，早已知道他們被教會開除了，參加這個行業，無疑是選擇了地獄，教會認定他們是最邪惡的敵人。他們得到什麼作為回報？得到名聲。但演員的名聲是最短暫的。」舞台劇演員的表演及其魅力，只存在於舞台當下，從幕拉起到幕落下之間，如此而已。他們只有這樣的瞬息時間跟觀眾建立關係。

看重當下、拒絕永恆的人

卡繆談演員，談演員與教會、與上帝、與永恆價值間的關係，出自於《薛西弗斯的神話》中標題爲〈荒謬的人〉一文。這篇文章中講了三種「荒謬的人」。演員之前，卡繆標舉出來的「荒謬的人」，是「唐璜」。「唐璜」是一種人物典型，指稱那種不斷征服女人的男性「情聖」，沉溺於無窮的愛情與性的感官刺激中的人。從表面上看來，這種男人的生活很熱鬧，別人一生交三個女朋友，他們任何時間都至少同時交三個，一生能夠碰觸、征服三百個女人。然而卡繆卻提醒我們：「唐璜」人格最大的特色其實是「不怕無聊」，他們要的不是眞正的熱鬧變化，是一而再、再而三，近乎無窮無盡的反覆。爲什麼一直不斷追求？因爲他們要的就只是追求過程中產生的sensuality，他們只懂也只能享受這種感官性，一旦追求到了，和女人之間的關係必然變化，加入了sensuality以外的其他性質。他們不習慣，甚至害怕變化，只能趕緊從即將到來的變化中逃開，逃回他們唯一熟悉、唯一能夠處理的戀愛、征服過程中。

其實，不怕反覆、無聊的人才能成爲「唐璜」，才能過那種流離在各個女人身上的生活。他連追求到了的愛情關係都不敢要、都無法處理，只要過程，眞正獨沽一味。他可以不斷反覆投入同樣的過程，沒有抗拒、不會厭煩。這是卡繆描述的第一種「荒謬的人」。

演員是第二種。演員不斷投身進入別人的生命，以至於無法照顧，甚至是放棄了照顧自己的靈魂。爲了保有進出各種角色靈魂的特權，他們寧可背叛上帝，接受地獄的懲罰。

第三種「荒謬的人」是「征服者」。文章中這一段跟前面兩種「荒謬的人」有著不同的寫法。不是以卡繆的說理敘述來寫，而是透過一個假想的「征服者」第一人稱自述來表達。顯然，卡繆建構這位假想的「征服者」時，是以歷史上的亞歷山大大帝作爲其原型的。亞歷山大大帝是個最純粹的「征服者」，短短三十多年的生命中，有一半以上都在征服的路程上，沒有停下來，或者該說，沒有辦法停下來。

雖然亞歷山大大帝建立了龐大的「馬其頓帝國」，但他絕對不是個帝國創建者，帝國只是征服的副產品，征服本身是目的，不是爲了建造帝國而採取的手段。亞歷山大沒有耐心停下來管理帝國，甚至沒有興趣維持、保有他的帝國。他死後，「馬其頓帝國」很快就分崩離析滅亡了，因爲他從來不曾眞正建造一套足以統治、運作帝國的機制，那不是他要做的，他一心一意只看著前面還沒被征服的土地，不會、不願意回頭看已經征服下來的領域。

「唐璜」、演員、「征服者」，三種「荒謬的人」有怎樣的共通點？如何理解他們的「荒謬」？

他們都把現在、當下看得比未來、永恆更重要，他們的生命都是一段一段切開來過的，明確分成一塊一塊的當下。

「唐璜」活在一次又一次的愛情追求中，追到了就放掉，再開始新的追求。演員活在一次又一次的舞台扮演，進到別人的生命中，裝上一個短暫存在的靈魂，演完了就放掉，再換去演另外一個角色。「征服者」活在一次又一次的對抗、戰鬥中，戰勝了就放掉，再往前去尋找下一個征服的對象。對他們而言，一個一個短暫的當下，就是生命，才是生命。當下串接起來的漫長時間，他們無法掌握，也沒有興趣要去掌握。

因爲看重當下，所以他們拒絕永恆。於是「荒謬的人」必然和宗教信仰強烈衝突。宗教，不管哪一種宗教，基本上是爲了安慰人對於生命短暫的恐慌而產生的，也就必然會提供人們關於永恆的保障，讓人得以朝向永恆，拋卻對時間流逝的終極惆悵與害怕。

把他們稱爲「荒謬的人」，有雙重意義。一方面，這種人在一般人的眼中很「荒謬」，他們過著「普通」、「正常」的人無法理解、更無法認同的生活；另一方面，抱持著這種看重當下而拒絕永恆的態度的人，看穿了「普通」、「正常」的世界有多「荒謬」，他們不同的生命選擇對照標示出了藏在「普通」、「正常」底下的「荒謬」。

讀《異鄉人》，不能不了解卡繆對於「荒謬」的看法，不能不了解在卡繆的思想體系中，「荒謬」到底是什麼。創作《異鄉人》的那段時期，卡繆最在意、最關注，也最努力想要呈現、表達的，就是「荒謬」。

照卡繆自己的創作意圖，《異鄉人》是「荒謬三部曲」中的一部。「荒謬三部曲」包括三本書，但不是三本小說，其中只有《異鄉人》是小說，其他兩部分別是戲劇與哲學論著。這是卡繆特別設計出的結構，用不同文類表達方式，環繞著一個主題，進行多角互文的探索。

完整的「荒謬三部曲」包括戲劇《卡利古拉》（*Caligula*）、小說《異鄉人》和哲學文集《薛西弗斯的神話》。

第二章　哲學、戰爭與無常

「存在主義」為什麼叫「存在主義」？

卡繆這一代人是受一種特殊的法國菁英教育成長的，那是一種我們的社會與文化傳統難以想像的菁英教育。教育的核心、教育中最重要的內容，是哲學思辨。必須要能掌握複雜的哲學思辨，才有機會進入頂尖的法國高等教育機構接受這套菁英教育；必須要能提出新鮮、高妙的哲學論證，才能夠在菁英間脫穎而出贏得尊重，也才能夠在社會上擁有響亮的名聲。

成績最好、最會考試的年輕人，理所當然就是去念哲學。那個時代的法國社會如此構成、如此安排。要進地位最高的「高等師範學院」，非得要把哲學考好不可。其他科目有再好表現，若是哲學考得一塌糊塗，還是進不了「高等師範學院」或其他菁英大學。相反地，數學不夠好、化學不夠好，或是拉丁文、希臘文不夠好，但若在哲學考試上有特別傑出表現，仍然可以堂皇地進入「高等師範學院」或其他菁英大學。

在相當程度上，這套奇特的菁英教育決定了二十世紀法國爲什麼會成爲那樣一個奇特國家，法國人爲什麼會那樣想、那樣過日子。讀卡繆、讀沙特、讀西蒙波娃[3]，乃至於讀傅柯[4]、讀德希達[5]……我們最好都把這件事放在心上，作爲必要的理解背景。沙特早早在法國嶄露頭角，因爲他在「高等師範學院」入學考試時考了最高分。同一屆排在他後面的第二名，是西蒙波娃。這樣的成就在法國理所當然決定了他們兩個人的專攻領域，都是哲學，只能是哲學。

然而，如此訓練出來的法國社會菁英，和其他社會菁英教育訓練出來的菁英一樣，不會喜歡這樣的理所當然。他們很容易產生一種對於自身所受菁英教育的反抗態度。這種態度沒什麼神祕、奇怪的，畢竟只有他們這種菁英才有資格反身不屑地批評：「這是什麼爛教育！」換作別人，那些沒有機會躋身菁英教育體制裡的人來說這種話，人家不會理你的，把你的話當作只是吃不到葡萄說的酸話。但一個受了菁英教育、眞正有第一手經驗，也從中得到地位與好處的人，來批評這套教育，他們的話就

3 西蒙波娃（Simone de Beauvoir，一九〇八～一九八六），法國作家、哲學家，也是女權運動的重要理論家和創始人，其《第二性》（*Le Deuxième Sexe*）是現代女權主義的奠基之作。

4 傅柯（Michel Foucault，一九二六～一九八四），法國後結構主義思想家。其研究跨越各種不同的學科，「權力」與「知識」更是他窮畢生之力研究的領域。

5 德希達（Jacques Derrida，一九三〇～二〇〇四），法國哲學家，解構主義的代表人物。《書寫與差異》（*L'écriture et la différence*）爲其重量級著作。

有了讓人不能忽視的力量。

吳祥輝如果當年念的不是建中，不會有《拒絕聯考的小子》掀起的風潮。別人說：「我要拒絕聯考！」人家只會給你白眼，心裡想：「考不上就不敢去考，說什麼大話、肖話！」但吳祥輝的建中學歷，已經給了他一張進入大學的菁英門票，他來說：「我不要考聯考、我不要進大學」，這個社會不得不爲之側目、熱烈討論。

還有寫《野鴿子的黃昏》的王尙義，因爲他已經是台大醫學系的學生，所以他可以討厭醫學教育、可以用醫學教育的受害者身分，在台灣社會受到重視。羅大佑也出身醫學系，念台北醫學院，但他早早就放棄在這個領域求取成就，畢了業也只混在當時基本上沒人會選的放射科；相對地，侯文詠念台大醫科，畢業後曾是麻醉科醫師，他和羅大佑一樣都放棄了行醫，也都對醫學教育有意見，但這個社會願意聽侯文詠討論教育的人，顯然遠多過於願意聽羅大佑的。

大部分人沒有機會受這種頂尖的菁英教育，因而只有受菁英教育的少數菁英才有資格批評、反抗菁英教育；而且在這套教育系統中表現得愈成功、爬得愈高的人，他們的批評、反抗聲音愈是受到重視。

同樣的道理，二十世紀中葉在法國受這種菁英哲學教育的人，也會出現反抗、批判的聲音，受到社會重視。從一個角度看，「存在主義」就是他們反抗、批判、拒絕法國制式哲學教育所提出的主張、不一樣的答案。

這群全法國最聰明的人，受過了長期的哲學訓練，讓他們得以看穿了哲學的無力、哲學的虛妄。哲學對這個世界提出了各種「根本」的解釋，但面對個人眞正最「根本」的問題——存在、實存的問題——我爲何活著？我如何感知世界？我爲什麼總感到困惑、不安？我要如何面對別人和我之間的差異？我和其他人之間能夠找出怎樣彼此舒服的關係？……制式哲學教育教的內容，卻明顯無能解決。

「存在主義」爲什麼叫「存在主義」？不管是「存在」或「實存」，都很難貼切地翻譯出existence、existential的意涵。Existence、existential的提出，是對應於大寫的Being而來的。Being在哲學上意味著全稱的存在、抽象的存在，或說統轄存在的一套道理、一個抽象的存在主體。Being是西方哲學的核心關懷、核心課題。很長一段時間中，哲學與神學平行共存，神學的核心是God，相應哲學的核心就是Being。神學的終極目的是解釋上帝，相應的哲學的終極目的就是解釋Being。

這些聰明的法國菁英青年，受了十多年菁英哲學教育，吸收了上千年哲學中對於Being的理解知識，學會了如何討論、如何解釋Being的種種方法，卻發現這樣的知識、這樣的訓練，不足以幫助自己、幫助別人處理生活上最切身的困擾與痛苦。你可以解釋整個世界運作的道理，卻無助於安排自己一天的生活；你可以探究最複雜的形上思考，卻無助於決定自己應該要翹課去追女店員，還是應該乖乖按時上課。

更擴大些，更嚴重些，二十多歲的年輕人失戀了，他對自身的痛苦無能爲力。那個時代的人經歷了恐怖的第二次世界大戰，面對龐大的戰爭災禍，他更是無能爲力。這些問題，不是源自抽象的、全稱的 Being，而是來自於己身、自我，再具體再實在不過的 existence。個別的、偏稱的、小寫的、多樣的「存在」、「實存」。

人的實際存在，存在中的實際感受，哲學無法處理。或者說，哲學的主流不處理這樣的問題。對於極度熟悉哲學主流的菁英青年，這樣的匱乏格外令他們不舒服。我實實在在當下的存在，爲什麼要被化約爲所有人所有時間的普遍存在中的一個渺小例證，被剝奪了個別性、特殊性，以至於在哲學中無法辨識、更無法討論？

哲學只解釋爲什麼所有的人會存在、所有的人如何面對其存在，卻不解釋做爲個體的我爲何存在、如何面對個體實際的存在。對「我」而言，尤其是對一個坐在咖啡館裡思考的年輕社會菁英分子而言，最重要的當然不會是我和正從窗口走過的路人甲、路人乙之間的存在共通處；不，剛好相反，最關心、最迫切想要知道的，是我和路人甲、路人乙都不一樣的地方，該怎樣看待我和他們、和所有人都不一樣的個別感受與個別問題？

齊克果與胡賽爾

這叫做 existence。離開 Being，面對 existence，是「存在主義」的根本主張、根本立場。從這樣的立場出發，這些年輕的菁英拋開哲學主流，從哲學史原本的邊緣、異端中找出了一些人、一些想法，重新建構了一套「存在」、「存在主義」的傳統。

例如齊克果[6]就是他們找到的一個「存在主義」先驅。齊克果說：人必須放棄認爲自己可以認識上帝、認識整體法則的傲慢；人只有在被從這種覺得能找到答案的肯定與安慰中抛擲出來，發現自己站立在一無依恃的虛空中，感到恐懼與顫抖（《*Fear and Trembling*》是齊克果一本名著的書名），我們才能眞正開始思考，才眞正開始踏上尋找答案的路途。

6 齊克果（Søren Aabye Kierkegaard，一八一三～一八五五），丹麥哲學家，存在主義之父。

弔詭地，相信找得到答案的人一定找不到，只有等到你絕望了，覺得the answer is beyond me，覺得自己如此渺小空洞，無奈、痛苦、驚惶失措、渾身發抖地承認自己找不到答案，有了這種眞實的「恐懼與顫抖」，你才有可能找到答案。

這是「存在主義」在生命態度上的一條脈絡。「存在主義」在思考邏輯上有另外一條脈絡，那是源自於胡賽爾[7]和「現象學」。過去的哲學輕視表面的、變動不居的「現象」，念茲在茲於求取「現象」背後不隨「現象」異動的某種東西，然而胡賽爾挑戰這樣的態度。胡賽爾論證：我們無從證明「現象」背後必然存在著任何比「現象」恆定不變的東西——力量或原理或秩序；我們眞正能夠接觸、掌握的，始終只有「現象」。既然如此，幹嘛要繼續自欺地尋找並宣稱找到了這些東西呢？到底是不是眞正找到了、找對了？完全無法評判。與其一直在這種自欺中打轉，不如誠實地放棄這種追求，回到「現象」上來。

所有的思考、所有的推論，都來自於「意識」。那就是外界「現象」所給予我們的刺激，而在我們身上所產生的「現象」，這就是全部，不能也不用去假設在「現象」與「意識」之外，還有其他哲學的對象。

齊克果、胡賽爾的說法，讓卡繆、沙特他們格外感到親切，就被他們拉來作爲

「存在主義」的先驅、前導。把這些說法編組在一起，他們就能更有信心、更有把握地主張：過去的哲學都走錯路了，因而都是無用的，至少在面對自我存在現象時是無用的。

一套反對哲學的哲學

受過菁英教育的人反對自己所受的菁英教育，然而在建構反對意見時，他們往往還是逃不開這套菁英教育在他們身上留下的深刻痕跡。二十世紀初，許多反對中國文人傳統的文人，大力提倡應該改革中國語文，用白話文來取代文言文，然而他們表達反對文言文、贊成白話文的文章，多半還是用文言文寫的。他們不知道如何寫白話文，他們對於白話文還是有著先天的抗拒，應該寫，但自己寫不出來。「五四新文化運動」中胡適的特殊地位，有一部分就來自他願意寫白話文、會寫白話文，在《新青年》雜誌上用明白通曉的白話文論說應該進行語文革命的道理。在那個時代，這種人

7 胡賽爾（Edmund Gustav Albrecht Husserl，一八五九～一九三八），德國哲學家，現象學之父。

稀有得很。

同樣的道理，這些受菁英哲學教育出身的法國年輕人，他們立定志向要推翻過去的哲學，但他們的作法，不是放棄哲學，而是選擇建構另一種不同的哲學。哲學是他們擺脫不掉的根基，他們只能、只會用哲學的方法來反對哲學，要將反對舊哲學的種種說法想法整合成一套新的哲學。

「既然說哲學無用，那為什麼你們還要給我們另外一套哲學，而不是其他任何東西呢？」針對「存在主義」，當然會有這樣的批判質疑聲音。沙特試過用戲劇而不是哲學論述來表達，卡繆的《異鄉人》當然是小說，但終究他們都還是要回到哲學體系的討論與建構。沒辦法，根深柢固的菁英價值觀裡，就是認定哲學的地位高於戲劇、高於小說，他們放不掉這份價值高下的計較。

聰明如沙特者，其實很明白「存在主義」陣營中的這份矛盾。他寫過一部重要的傳記作品，傳主是惹內（Jean Genet）。惹內是誰？是一個竊賊，一個多次進出監牢的慣竊。沙特寫過福婁拜、寫過波特萊爾，然而寫這些文學大家的內容，都沒有寫竊賊惹內來得好、來得精采。因為惹內口中說不出一句「存在主義」的哲學語言，然而他過的就是一種「存在主義」式的生活。惹內比「存在主義大師」沙特還要「存在主義」。惹內的「存在主義」落實在「生活實存」上，而不是表現在語言或文字上，那才是「存在主義」本來應該表現的方式。

「存在主義」的本質，應該是一種反對哲學、遠離哲學，「誠實」的生活態度，不該是另一套哲學。但沙特過不來像惹內那麼「誠實」的生活，他能做、會做、做得比別人好、做得最好的，畢竟還是把這種生活態度建構為一套哲學。他羨慕惹內，但他能做的，絕對不是放棄哲學去過惹內那種忠於自己、不顧社會制約的生活，而是以惹內為例，向世人解說什麼是一種「存在主義」式的人生。

經過時間的淘洗，今天回頭看，我得說：幸好當時他們有這樣的矛盾，將出於反對哲學的意見看法，費心地建立為另外一套哲學系統。

如果單純只是提出一種生活方式的主張，一種生命的觀點，這樣的東西很容易庸俗化（vulgarized），一旦庸俗化了，大概也就回復不了原來的面貌。人們會很難分辨他們所說的那種「誠實」、「勇敢」，和無秩序、無規範的任性有什麼差別。還好有複雜、深邃的哲學主張留在那裡，可以供我們對照檢驗究竟什麼才是真正的「存在主義」，還有機會可以在許多任性的贗品間，堅持評斷真假。

另一項更重要的好處是：對於像我們這樣的人，不是「存在主義」的信徒，更沒打算去實踐「存在主義」式的生活，如果「存在主義」就只是一種生活方式，那麼顯然我們和「存在主義」無緣，也無從接觸「存在主義」。但因爲有這套哲學，隔著時空的距離，我們都還是能用智識理解的方式進入「存在主義」，具體而直接地感受其刺激。刺激我們去想：我過日子的方式，和「存在主義者」主張的那種「誠實」、「勇敢」的生活，有多大、多少差別？這些差別怎麼來的？它們重要嗎？

藏在字句底下的戰爭陰影

閱讀卡繆，應該把這個哲學背景放在心上。除此之外，閱讀卡繆還應該經常記得一件事：他活在戰爭的時代中。卡繆的《異鄉人》是一九四二年出版的；沙特的扛鼎之作《存在與虛無》晚一年，一九四三年出版。那是第二次世界大戰期間。

光是讀表面的字句，《異鄉人》裡沒有戰爭，《存在與虛無》裡也沒有戰爭。但這不表示他們在寫作時遺忘了戰爭，戰爭在這些作品中沒有位子、沒有作用；相反地，這兩部作品的深層意義中，戰爭無所不在。

卡繆是一九一三年出生的，他出生的第二年，就爆發了第一次世界大戰。到他二十六歲那一年，又有了第二次世界大戰。還不到三十歲，他已經累積了兩次龐大且強烈的戰爭經驗與記憶。

第一次世界大戰是改變當時所有歐洲人的一個轉捩點。這場戰爭徹底摧毀了歐洲人原有的樂觀進步信仰，以及自信心。火藥、武器的進步，使得這場戰爭製造了空前的傷亡。重點還不在於死了那麼多人，在於都是些什麼樣的人、因爲什麼方式喪失了生命。

首先，死在戰場上的人，不是傭兵。他們不是一群選擇打仗作爲職業，因而也就多少習慣了打仗，知道打仗會遇到什麼狀況的人。傭兵活著就是爲了要受雇去上戰場，不管出於什麼理由，那是他們生命的選擇。然而，上到第一次世界大戰火線上的，是幾百萬被國家徵召的年輕人，他們放下手中原有的工作、學業，離開正常的生活，變成了士兵、軍人。

而且他們還是在人類歷史中空前最樂觀的時代——十九世紀末、二十世紀初——成長的一代年輕人。十九世紀主流的「進步史觀」相信人類的文明一直在進步，今天比昨天好，明天又必然比今天更好。我們所活的每一天，依照「進步史觀」的信念，都是人類歷史上到此爲止最好的一天。今年比去年好，這個時代比前一個時代好，因而這個時代的人也會比上個時代的人更好。

第一次世界大戰中，大批大批死去的就是這個時代的年輕人，他們是國家最聰明最優秀的一代，他們是歐洲歷史上最進步最美好的一代，也就是人類歷史上創造、出現過最進步最美好的一代。

然而這群人還來不及給人類帶來任何新的成就，來不及讓自己的生命發光發亮，就在那短短幾年內，化身成爲壕溝中堆積如山，甚至來不及好好下葬的一具具屍體。

他們不是傭兵。戰爭不是他們的正常生活，他們帶著清晰明確的原有生活習慣與記憶，帶著面對未來的規畫與夢想，去到戰場；他們也帶著在原來社會受教育受訓練得來的能力、本事與成就，去到戰場。

這一代突然毀滅，給歐洲帶來的震撼簡直無法描述。他們有些人前一天還在進行最複雜最艱難的物理思考、有些人前一天還在研究前所未見的工業製程、有些人前一天還在寫感人的詩或小說，然而他們當下看來如此光明亮麗的生命，就在這一天終止了，沒有了，那些未完成的物理、工業、詩與小說，全都隨之毀滅了。而且正因爲未完成，有些甚至未曾來得及開展，所以誰都算不出眞正的總損失究竟有多大。

不可思議。同樣死一百個人，死一百個傭兵、戰場老油條，和死一百個最聰明最優秀的年輕人，意義完全不同，其心理衝擊影響，相去不可以道里計。絕對不是一百條人命等於另外一百條人命的等式。

在倫敦隨便遊逛，逛到了最古老的地鐵站——貝克街站，站裡留著古老的鑄鐵門欄，旁邊有一面石牆，牆上刻滿了名字。那是貝克街所在的這一個區中，所有在第一次世界大戰中喪生者的名字。用這種方式留在那裡將近百年了。顯然當時刻蝕這面石牆時，他們的用意是要人們永遠記得這些人，以這種無奈的補償試圖撫慰生者的驚惶，不能相信、不能接受他們就此永久離開的驚惶。

類似的紀念碑、紀念牆，在歐洲太多太多了。清楚反映出那個時代歐洲經歷的集體心理創傷。那些記憶畢竟還是會隨時間消逝，但那份震駭、驚訝、不可思議的感覺，藉紀念碑、紀念牆保留下來了。

活著，沒那麼理所當然

卡繆、沙特就屬於直接承受這份震駭、驚訝、不可思議衝擊的一代。他們在逃不開躲不掉的陰影下長大，沒有任何人、沒有任何事能夠保證他們不會像前一代那些人一樣，突然之間就從一個活生生的人變成一個碑上、牆上的名字。

那是無常的陰影。生命軌跡從現實當下往前延伸，有一個慣性的方向，也有一個我期待、希望的方向，但那軌跡卻隨時可能被打斷、彎曲、歸零。他們前面一代的歐洲年輕人，不就是在天眞地看著前方軌跡，誰也沒料到明天、下星期、下個月會發生戰爭的情況下，瞬間被戰爭吞噬了嗎？

就算幸運地從戰爭中活下來的人，也必然被戰爭徹底改變了。在戰爭中，我今天寫了一首曲子，寫到第一百六十個小節，該去睡了，離開手稿的那一刻，沒有絲毫把握是不是還有機會寫第一百六十一小節。日常生活中的預期，今天過完了有明天，明天是延續今天的，所以我可以用今天的經驗去預想、安排明天，這在戰爭中不再成立。

每年到了十一月，「誠品講堂」的工作同仁會很自然地來問我：明年要開什麼課、講什麼樣的現代經典，我也會很自然地認眞想認眞計畫，給他們具體的意見。這是日常、正常。但一個活在那樣的戰爭中，或在戰爭的震駭、驚訝、不可思議中長大的人，他開始想「明年要如何」，想了一分鐘，他的思緒很快就被一個壓抑不下去、堅持固執的聲音打斷，那個聲音對他質疑：「你有資格思考明年嗎？」「你思考想像的明年有意義嗎？」「你憑什麼覺得你還有明年？」

卡繆、沙特他們在第一次世界大戰的衝擊下長大，成年後又馬上遭遇了第二次世界大戰，因而戰爭帶來的無常陰影隨時在他們的作品中，構成了他們作品的價值底蘊，一種懷疑未來、只能緊張地近乎神經質尋找如何在不假想未來的情況下處理現實的追尋。

「我三十歲之前要結婚」、「我十年內要在台北買房子」、「我五年後要升副教授」……這些對我們而言再正常、日常不過的話語，聽在卡繆的耳朵裡卻再荒謬不過。

你從哪來的信心覺得自己可以活到三十歲？從哪來的信心覺得你有未來的五年、十年？依照什麼樣的保障保證嗎？不可能吧！你有的，其實只是你根本無能爲力的假定，不是嗎？然而你竟然就可以把這些不確定、絲毫無能掌握控制的事理所當然放入你的話語主張中。

而且你還可以對這些不確定的時間條件不思不考地活著。我們活著，沒那麼理所當然。大部分時候，我們只是靠不思不考、不看不聽，才如此簡單、理所當然地活著。生活中充滿了未經檢驗、也經不起檢驗的前提假設。

雖然我們都知道、也都接受「人必有死」，但我們卻不是真正面對「人必有死」

來過活的，「我終究會死，但明天我一定不會死。」「我終究會死，但明年我一定不會死。」這才是我們真正自我催眠接受的前提假設。離開了這個假設，我們就不知道該怎麼活了。一旦離開了這個假設，我們就再也不能說「我三十歲之前要結婚」、「我十年內要在台北買房子」、「我五年後要升副教授」……

我們自欺地以直覺假定：雖然我是人，我不會永遠活著，但在可預見的將來，我不會死。因而用這個假定安心地不斷預見將來，再依照自己預見的將來去安排現在。於是還有一個相應的假定必然一併存在著：我不知道自己什麼時候會死，我也絕對不去想這件事、不想知道這個答案。

卡內提[8]曾經用另一種方式，把這樣的生命態度說得再清楚不過。他說：如果我們每個人出生時，額頭上就都寫著死亡日期，那麼人生一定變成另一回事，甚至說不定就不會有人類歷史與文明了。如果早早知道死亡日期，每天開始一個新的日子，我們想到的就會是：「啊，又少了一天，離死亡又近了一天！」實質上，每天的日子本來就帶領我們愈來愈趨近死亡，但因為不知道、拒絕知道自己什麼時候會死，我們不會隨時算計著「又少了一天」，也才能安然不帶遺憾，反而充滿期待與活力地看待早晨、看待新開啓的每一天。

戰爭帶來無常的痛苦教訓，無常帶來對於日常的強烈質疑。從深刻的無常感中看出去，由各種假設、藉口、自欺、隱瞞交織構成的「日常」，是最大的「荒謬」。而「荒謬的人」就是看穿了這份巨大「荒謬」，拒絕過如此荒謬生活，因而使得他們的選擇、行徑在一般人眼中看來格外「荒謬」。這，形成了弔詭的雙重荒謬關係。

---

8 卡內提（Elias Canetti，一九〇五～一九九四），生於保加利亞，後移民英國、維也納，進入維也納大學修習化學，但興趣在於哲學和文學；其後定居瑞士蘇黎世。以德文寫作，一九八一年獲得諾貝爾文學獎。

第三章　重新解釋「薛西弗斯的神話」

阿爾及爾的阿拉伯人

讀《異鄉人》之前，應該先讀《薛西弗斯的神話》。《薛西弗斯的神話》比《異鄉人》難讀難懂；而且，讀過《薛西弗斯的神話》之後，你就不會覺得《異鄉人》容易讀、容易讀懂了。

《薛西弗斯的神話》全書主體，是三篇談「荒謬」的文章：〈荒謬的推理〉、〈荒謬的人〉和〈荒謬的創作〉；另外書後收了幾篇附錄性質的散文。先從附錄散文讀起，可以幫助我們找到進入大塊主體文章的路徑。

不妨從〈阿爾及爾的夏天〉開始。這是一九三六年，卡繆二十三歲，還沒有搬到巴黎之前所寫的。卡繆是在法國的北非殖民地阿爾及利亞長大的，這篇文章寫的是他的家鄉。不過文章撰寫時就明確是要在巴黎發表的，要讓本土的法國人、巴黎人知道「阿爾及爾」是個什麼樣的地方。

他如何表達以殖民身分去看「阿爾及爾」的「非法國性」？他描述阿拉伯人：「這些人，阿拉伯年輕人身上特殊的標記，就是他們對於逸樂的才能、浪蕩的才能。但浪蕩的日子來得快、去得也快。這些人很年輕就結婚成家，十年就窮盡了他們的一生。一個三十歲的工人就已經打完了手上所有的牌，他在老婆和孩子間等待終點的到來，他的生命如同其逸樂，來去匆匆，毫無情意。一個人了解自己活在這個一切恩賜終將被剝奪的國度裡，緊接著多采多姿、繁茂豐盛的一生而來的，是生命巨大激情的橫掃，其來也突然、確切和慷慨。生命不是被更新，而是被焚燒殆盡。此間不包括停下來思想和謀求改善。」

他筆下阿爾及爾的阿拉伯人，有著比法國人倉促的生命，快快地燒，而且燒完就燒完了。他們不會去想什麼辦法慢下來，也不太去想此生快快結束之後，還可以有什麼，還該要有什麼。

「有些種族是爲了生命和驕傲而生的，他們恣意地追求著無聊的才能。而他們對於死亡所持的態度是最特別的……對這樣的種族，沒有比墓園更可怕的地方了。墓園面對世界最美麗的風景，在黑色的圍牆裡累積可怕的憂鬱。許願文上寫著：『萬物凋零，記憶猶存。』」

爲什麼這很可怕？這有什麼奇怪的？這些人不相信死後還有靈魂，所以說「萬物凋零，記憶猶存」。人死了，乃至於一切其他的凋零、毀滅了，就只剩下記憶，這對相信靈魂，靠思考死後世界來取得安慰的基督徒來說，是可怕的。只剩下記憶，沒有別的，沒有人世之外的超越領域，沒有終極審判，沒有永恆時間。

帶著忍俊不住的口氣，卡繆形容墓園中的一塊墓碑上寫著：「此墓永遠不必擔心會沒有花朵」——因爲墓碑上刻了好幾朵花，石刻的花長留在那裡。這簡直是兒戲、玩笑嘛！

是的，這個種族面對死亡毫無神聖氣氛。他接著又描述開靈車的司機載著棺材，在路上看到漂亮女孩，會從車窗探出頭來戲問：「要不要上來搭一段便車？」對生者不敬，更是對死者褻瀆，不是嗎？

「死亡可怕，因爲處在一個邀人生存的國度裡。」他們對待死亡沒有神聖態度，也就不會把生與死用世俗與神聖徹底隔絕開來，好像死亡的領域裡也可以容納活人。「阿拉伯人的年輕女孩就在墓園的牆根下讓人親吻著、愛撫著。我深深了解這樣的民族不可能爲所有人接受。聰明才智在此毫無用處。他們是粗魯的、肉欲的、毫不溫柔體貼、毫不矯揉做作的一個民族。但這是實際感動我、帶給我平安的詩。和文明國家相對，他們的是有創造性的國家。這些倘佯在海灘上的野蠻人事實上正在塑造著一種文化形象……在無情的夏空之前，一切眞相皆可揭露。在它之上，沒有任何騙人的上帝或神會諭示希望或救贖的信號，在這無垠的蒼穹及面對他的千張面孔中，沒有什麼文學、神話、倫理、宗教，只有石頭、血肉、星星，以及肉身可及的眞理。」

卡繆用法國人能夠理解的歧視、嘲諷的語氣開始描述阿拉伯人，然而中途一轉，他回身訓了法國人：阿拉伯人的這種生命，是更美更感人的「詩」。

在阿爾及利亞長大的經驗，讓卡繆看到了阿拉伯人，看到了非基督教傳統不同的生命態度。在他們身上，未來沒那麼重要。在那十年燃燒中，他們不會停下來想：「那我要是老了該怎麼辦？」老了就老了，老了就等待生命結束，如此而已，沒有怎麼辦。他們不會、不需在青春時思考、擔憂老了怎麼辦，他們沒有未來感、沒有文學、沒有神話、沒有倫理、沒有宗教。他們只有現實當下的感官感受。

他從阿拉伯人身上取得了看待世界的多元資產。和這群人相處給了他不同於一般法國人的視野。即使後來到了巴黎、定居在巴黎，他都沒有被巴黎的繁華、巴黎人的小聰明給沖昏頭，沒有覺得他們那麼理所當然。

人為什麼會自殺？

《薛西弗斯的神話》開頭第一章是〈荒謬的推理〉，卡繆要告訴我們什麼是「荒謬」，幫助我們看見「荒謬」。「荒謬」最荒謬之處，是它藏在正常裡，甚至取代了正常讓我們以爲那就是正常。

雖然沙特評論說：「這不是好的哲學」，但卡繆的推理絕對可以作爲好的思想訓練示範。卡繆的推論，從「自殺」開始。人爲什麼會自殺？如果說所有自殺個案背後有一個共通理由、共通解釋，那最有可能的就是「覺得活著沒有意義」。活著沒有意義，因而雖然沒有必然要死，我就自己選擇不要繼續活下去。這是我們很容易明瞭、很容易接受的解釋。但做爲哲學菁英的卡繆，不會接受這麼直接、簡單的解釋。

如果活著沒意義了人就會自殺，那麼意味著人本來活著是有意義的；或者說所有沒自殺活著的人，都是因爲活得有意義，因而活著。主張、相信人是因爲活著沒意義了所以自殺，就應該先檢驗、證明人活著是有意義的。在一般狀態下，人都有其活著的意義，於是一旦意義消失了，人就活不下去寧可自殺算了。

卡繆挑釁地問：你有把握人原來活著眞的有意義？你怎麼能確定人不是一開始存在、活著就沒有意義？請你先證明給我看，自殺的人原本活著是有意義的；或擴大來說，請證明你平常好好活著，完全不會想要自殺想要死的時候，過著有意義的生活。

如果你願意認眞面對這項挑戰，願意好好、誠實地進行這項證明，卡繆提醒：你會發現絕大多數你提得出來自己爲什麼而活著的理由，其實都經不起檢驗。你以爲自己爲了家人活著，但有一天家人不在、沒有了，你眞的就活不下去了嗎？你以爲自己爲了自由而活著，有一天沒有自由了，被關起來在監牢裡，你眞的就不活了嗎？你以爲自己爲了成功、爲了財富活著，有一天你破產了、一貧如洗，你眞的就去死了嗎？或許你會說，但我還有希望，希望是我依賴的意義，但你如何區別希望究竟是眞正的理由，還是你爲了活下去，硬是拉住不放的藉口？

卡繆試圖對我們指出的是：絕大多數人在絕大多數時候，都沒有堅實地活著的意義；但他們沒有自殺，他們平常正常地活著，對於活著這件事沒有一絲懷疑，頂多只有在被逼問時，花點力氣去找些藉口來對自己、對別人交代。

我們從來都不是站在堅實意義基礎上活著的。所謂的意義，其實是一連串源自空洞承諾的假設。空洞地承諾：我明天不會死、明年不會死，所以我可以爲了未來的計畫與追求而活著。空洞地承諾：別人會在意我活著，可以感受我活著和死了的差別，所以我可以爲了和別人的關係而活著……

如果把這些依賴空洞承諾而來的答案、不確實的藉口拿掉，還剩下什麼？恐怕只能剩下一個讓人背脊發涼的誠實結論：人活著沒有什麼意義，人不是因爲活著有意義而活著；那麼，人也不會因爲沒有意義、缺乏或喪失了意義而決定去死。

我們對於自殺的解釋是站不住腳的，因爲我們對活著的理解是站不住腳的。

站得住腳的論理其實是：活著沒什麼意義，但我們會去找各種藉口讓自己以爲、相信活著是有意義的。只要如此相信，不要去檢驗，不要去掀開這表層的藉口，人就能繼續活下去。那麼人怎麼會自殺、怎麼會去死？因爲藉口維持不住了，因爲任何的機緣使人自願或被迫將藉口掀開來，看見了底層深淵般的無意義，受不了這樣的揭露，所以活不下去。

對卡繆而言，這是一種膽怯、「荒謬」的存在方式。卡繆要問：人有沒有可能不荒謬地活著？有沒有可能拿掉了藉口、不需要藉口，明知活著無意義，還能不自殺，卻勇敢、誠實地活下去？

你敢「誠實」地活著嗎？

《薛西弗斯的神話》整本書中反覆提到「荒謬」，同時一而再、再而三在提到「荒謬」時，提到「誠實」。

人在最切身、最根本的存在上，堆積了最多謊言。最嚴重的欺騙，不是騙別人，而是騙自己。用上各式各樣的謊言來掩蔽不讓自己看清生命中最重要的事。這不荒謬嗎？

騙人家因爲塞車所以我遲到了，話說出口，我們心中會有一絲罪惡感，如果被揭穿了，我們會認爲這是道德缺點。對這麼小的謊言，我們有罪惡感，有相應管轄的道德意識；然而在比這件事重要千百倍，關係到我們爲什麼活著的問題上，我們對自己說的每一句話、隨時意識到的每一件事，幾乎都是謊言，但這中間卻沒有罪惡感，更沒有道德規條。這不荒謬嗎？

依照卡繆的〈荒謬的推理〉，我們活著本來就沒有意義。我們能不能誠實地承認這件事？我們能不能誠實地承認這件事，面對這個事實，仍然勇敢地活下去？這才是最大的問題，也是最大的挑戰。

和「荒謬」聯繫在一起，卡繆所說的「誠實」，存在上的「誠實」，推到極端，是放棄一切希望。在卡繆談論「荒謬」的文章中，「希望」這個我們視之爲如此正面、美好的字詞，幾乎都以負面的意義出現。「荒謬」的一個來源，就是人習慣性地依賴希望活著。希望就是我們最相信的謊言，有著最大的欺瞞、麻醉效果。

前面舉過的例子：你相信自己因爲自由而活著，但把你關進監牢中剝奪了自由，你還是繼續活下去；你會說服自己抱持希望，有一天自由可以重臨。你相信自己因爲成功與財富而活著，窮困潦倒、一貧如洗時，你卻還是活著；你會告訴自己：總有東山再起的一天。這就是希望的作用。

我們在自己身上纏繞了一個又一個希望，也就是把自己用最不眞實的謊言包裹起來。在《薛西弗斯的神話》中，卡繆明白地這樣揭示；在《異鄉人》中，他又以主角莫梭的生活隱喻地這樣呈現。他瞪大眼睛盯視著每一個讀者，決鬥般地問：「你誠實嗎？你能面對這個事實嗎？你能試試拋掉對於希望的依賴，光靠自己，誠實地活著嗎？」

他預見了你會想逃開，畢竟你已經用這種依賴希望謊言的方式過了一輩子，爲什麼要因爲他的挑戰、挑釁就改變？但他同時也自信地預見了，你不可能眞正逃開，他的挑戰、挑釁會存留在你心中，因爲沒辦法，每隔一段時間，你的希望、不管那是怎樣的希望，總會露出其欺瞞掩飾的面目，讓你失望，你就會記起卡繆那雙「存在主義之眼」的凝視，陰魂不散地回來問你：「你能試試拋掉對於希望的依賴，光靠自己，誠實地活著嗎？」

有一個面向的「存在主義」，就像解剖刀一樣，由哲學、思考方法細密組構的解剖刀，把你原有的生命意義一層一層拆開，顯示出不可靠、不可信的內在。生命不像我們以為、我們願意相信的那麼有意義，至少我們認定的意義絕大多數具有高度依賴性，根本不是我們有資格占為己有的。我們只是假裝並欺騙自己，生命有這樣的意義。

雖然他們反對傳統哲學、主流哲學，但這些人建構起的「存在主義」仍然是一套哲學思辨程序，以比一般人更精密、更準確的哲學思辨為基底，挑戰我們鬆散、脆弱的生活道理。

「誠實」地活著，不依賴任何不堪依賴的希望而活著，需要勇氣。但這是一種特別的勇氣。勇敢地去除掉對於自我的「本質想像」——我是誰、我過什麼樣的生活，如實正視「存在」。勇敢地只看、只決定當下我能掌握、能自己作主的事，不去引動任何未來的虛幻想像來幫忙。只依賴這眞實的當下存在，而將這樣的眞實生命活到最豐沛、最充實。

這樣叫做「人的存在」，這樣才是卡繆心目中「誠實地活著」。

永遠不會終止的懲罰

《薛西弗斯的神話》書中前面三大篇占據最多篇幅的文章〈荒謬的推理〉、〈荒謬的人〉和〈荒謬的創造〉，都沒有出現「薛西弗斯」一詞。「薛西弗斯」出現在跟隨這三篇「荒謬」之後，篇幅短小得多的第四篇文章中，文章的標題和書名一樣是〈薛西弗斯的神話〉。

卡繆自己說他的「三部曲」包括一部劇本、一部小說和一部哲學論著。用沙特的嚴格哲學標準，《薛西弗斯的神話》是不合格的。從其邏輯方法，到推論程序，到結構安排，都太鬆散混亂。然而與其跟隨沙特認爲這種鬆散混亂是卡繆的缺點，我毋寧更願意視之爲卡繆和沙特的根本差異，甚至是沙特就算要學也學不來，卡繆特有的一種魔力、魅力。那是迷人的模糊、迷人的曖昧。卡繆的模糊與曖昧，讓他能在法國及法國之外，發揮了比沙特更廣又更深的影響。

沙特的文章看上去很艱難，但那艱難往往是源自於我們不熟悉他的推論方式、他使用或發明的哲學名詞、概念，我們進不了他精心打造的那個純粹思考世界。一旦你做好準備、找到方法進去了，你會發現那個世界其實按照沙特的方法安排得整整齊齊的。你要嘛在沙特的世界之外無頭蒼蠅般亂撞，要嘛進去了而驚訝感動於其中的井然秩序。也就是說，讀沙特的哲學，你要嘛完全讀不懂，要不然就是讀懂了，沒有太多半懂不懂、似懂非懂的中間灰色狀態。

卡繆則不然。沙特的文學基本上是其哲學的副產品，相對地，卡繆的哲學卻是其文學的衍生物、補充品。卡繆稱之爲「哲學論著」的作品，都充滿了文學式的風格與樂趣。

沙特會取的書名，是《存在與虛無》，整本書老老實實就是在解釋什麼是「存在」，然後從對「存在」的探索中得出人只能以「虛無」的態度面對「存在」，這個結論。卡繆會取的書名，卻是《薛西弗斯的神話》，而且會在主要論理都講完之後，才讓書名中高舉的「薛西弗斯」在一篇只有三、四頁的短文中上場。

沙特追求的，是理路清晰；卡繆要的，卻是模糊的隱喻、互文、對照、呼應效果。以「薛西弗斯的神話」來總結對於「荒謬」的種種論理，是文學上的靈光。

希臘神話中，薛西弗斯最有名的是他所受的懲罰。天神宙斯罰他將一顆巨石推到山頂上，但總是在抵達山頂時，巨石就滾落下來。薛西弗斯只好下山再一次將巨石推上去，再一次遭到石頭滾落的結果，如是永遠無窮無盡地反覆。

薛西弗斯和另外一個神話要角——盜火者普羅米修斯，同樣接受了希臘人想像中最嚴酷的懲罰，他們所受的懲罰都永遠不會結束。會有終止的懲罰，不管再怎麼可怕，都不算最嚴重。相較於希臘人，尤其是希臘人想像的那些奧林匹亞山上的眾神，現代人要仁慈多了。我們今天能設計出的最嚴酷懲罰，不過就是死刑，就是剝奪人的生命。死刑很可怕，但死刑會結束，死刑就是結束，一次行刑之後就沒有了。

希臘人想像的殘酷刑罰，是將普羅米修斯綁在大石上，老鷹飛下來啄開他的胸腹，吃掉他的肝。但他沒有死，他不會死，老鷹飛走的瞬間，普羅米修斯的肝又長回來了，於是老鷹就可以再飛下來吃掉他的肝。如此無窮無盡地反覆。

普羅米修斯的肝會一而再、再而三地復原，所以被老鷹啄食的痛苦就不會結束。這反映了希臘人的一份洞見，他們早早就看出了人自我保護最重要的機制，是遺忘與麻木。人的感受依循著邊際效果遞減的法則，不管是快樂或痛苦，第一次嘗到時的強度勝過第二次，第二次嘗到時的強度又勝過第三次。最大、最強烈的快樂或痛苦，都只會來一次，第二次再來，就沒有那麼大、那麼強烈了；多來幾次之後，原本的快樂與痛苦，就通通變成了習慣，喪失了對我們的刺激作用。

所以最可怕的懲罰除了是永遠的，沒有結束，而且還不能是簡單的重複。重複的懲罰，第一次很痛很難受，到後來就麻木沒有感覺了。最可怕的懲罰是不斷反覆的痛苦，施加在復原的身體上，因而每一次的痛苦，都跟第一次一樣強烈。

普羅米修斯受到了這永恆、終極的責罰，是希臘神話中最悲慘、最悲壯的角色。他之所以如此受罪，因爲他違反了天界的戒令，將寶貴、神聖的火偷給人，大幅提升了人的能力與地位。他愛人勝於愛天神，那是天神眼中最不可原諒的罪過。

那薛西弗斯呢？薛西弗斯犯了什麼錯，也受到同樣的永久懲罰？

他比他的石頭更強壯

神話中，薛西弗斯是個聰明的人，有時甚至比神還聰明。他知道了一個神的祕密，將祕密拿去引誘另外一個神，條件是如果神答應將水源賜給科林斯城（Corinth），他就願意拿祕密來交換。他跟神做生意，而且要求的條件不是爲了自己，是爲了普通的人，在這點上他的態度和普羅米修斯有類似之處。

薛西弗斯死後去到陰間死亡之所，竟然藉由他的聰明，將「死亡」給關了起來。突然之間，世間沒有了死亡。戰爭、殺伐、決鬥變得如此無趣無聊，因爲鬥了半天、殺了半天，敵人仇人都死不掉；老人、病人發現活著痛苦不堪，卻也死不了；要給天神獻祭的儀式也無法進行了，因為充當犧牲的牛、羊動物怎麼殺都殺不死。死亡之所變得空盪盪、冷清清的。

還有一個故事則說：薛西弗斯死前突然動了念頭，想要試探他的妻子。他吩咐妻子在他死後將他的屍體放入河中，不要埋葬。他死了，進到陰界，發現自己還真的是順著冰冷的河流流入陰界的。他大為憤怒，沒想到妻子如此無情，竟然做得出不給他葬禮的事，於是他懇求陰界之神，讓他暫時還魂去發洩對妻子的不滿。陰界之神同情他的遭遇，答應送他回去。但薛西弗斯一回到陽界就貪圖生命，遺忘了跟陰界的約定，縱情活著，直到宙斯派了使者將他強押回陰間。

傳統的解釋是：因應薛西弗斯的個性與前科，宙斯決定要給薛西弗斯一種感覺「生不如死」的處罰。他的生命只剩下一件事，那就是徒勞地推石上山，永遠不得休息。

卡繆對薛西弗斯神話的解釋是：他因為輕視神、因為痛恨死亡、因為熱愛生命，所以受罰。他就是個「荒謬英雄」，他的熱情與他所受的折磨都指向「荒謬」。他被罰反覆徒勞，一無成就，這是為了熱愛世俗人間、拒絕人間以外的死亡與天界，必須付出的代價。

接著卡繆具象地描述付出代價、受罰的薛西弗斯：我們幾乎可以看到他身上每塊肌肉都緊繃著用力將巨石往上推，他的五官扭曲，臉頰貼著石面，肩膀抵著石頭上的青苔，深陷的腳步，沾滿泥巴的雙手牢牢抓著。經過了不可測的時間與不見天日的漫長距離，他終於完成了目的。然後，他眼睜睜看著石頭轟隆隆地朝山下滾去，一下子就到達了深淵谷底，等在那裡。他必須下山再去把石頭推上來。

他走下山。就是這一刻，薛西弗斯從山頂要走下去的一刻，讓卡繆格外感興趣。此刻的薛西弗斯，剛經過了那麼艱難的奮鬥，他的臉看起來簡直和石頭沒有兩樣，他跨著固定的步伐朝向不知何時才會結束的折磨。這一刻，和他的艱難努力一樣，不斷反覆重來。

卡繆看到了我們一般不會看到的簡單事實。如果要一再重複推石上山，薛西弗斯當然也就要一再重複下山。他必須走下去，才能再推下一次。我們很容易感受到他推石上山的痛苦，卻很少意識到、更少想像他看著石頭落下後要走下山的那一刻。

卡繆如是想像、如是斷言：「每一個這樣的片刻，他離開山頂，逐漸沉入陰界之神的居所，他高於自己的命運。他比他的石頭更強壯。」

爲什麼？因爲這是「意識的時刻」。薛西弗斯清楚地意識到自己的命運，看著石頭落下的那一刻，他再明白不過，前面的努力白費了，過去與未來的所有努力都注定是白費的。推石頭的當下，那樣的努力過程中，人還會產生一種有所爲而爲的錯覺，但面對落下去的石頭、闇黑的深谷，錯覺消失了，薛西弗斯意識到自己注定徒勞無功，不斷反覆無謂無望的努力。

那一刻，他心中沒有了希望，眼前只有命運的事實，也就是說，他不可能、也不需要依賴希望；他直視命運活著，所以說「他高於自己的命運，他比他的石頭更強壯」。

伊底帕斯的悲劇

卡繆特別提醒，薛西弗斯的神話帶有濃厚的悲劇性。悲劇性、悲劇感從何而來？從他明知自己推石注定失敗，上了山注定要再下來。如果心存希望，認爲自己會成功的希望陪伴著他推石上山，那有何「悲劇」可言？

很明顯地，卡繆此處說的「悲劇」，是古典希臘悲劇。這是我們往往最難理解、也最常誤會的。什麼是「悲劇」？對古希臘人來說，並不是有什麼倒楣的壞事發生在你身上——和男朋友分手、狗突然死了、車子在路上拋錨等等——就叫做「悲劇」。希臘悲劇出於人與神與命運之間的關係。命運最大、最可怕，連神都無法抗拒命運的操控。而人除了受命運操控之外，還要被天上的神擺弄，有時是人得罪了神，有時根本純粹只是神的隨意任性。人的生活、人的遭遇，有太多不是自己能夠決定、能夠掌握的。

但希臘人藉由「悲劇」要表達的，是人之所以爲人，就在於即使知道無法決定、無法掌握，還是要盡力去決定、去掌握自己的生命。即使知道反抗、拒絕一點用都沒有，卻總還是掙扎著不斷反抗、拒絕。這是「悲劇」——不只是知其不可而爲之，還是爲之而不斷地被提醒「知其不可」。

順著這樣的「悲劇觀」，卡繆引用了有名的希臘悲劇——伊底帕斯的故事。

伊底帕斯出生於底比斯，父親是底比斯的國王，母親是王后。但不幸地，他一生下來就有預言說他會殺死父親娶母爲妻。這眞是個可怕的預言。爲了不讓預言成眞，他的父親就將伊底帕斯交給手下的人帶去遠方處死。他死了，當然也就不可能殺死父親娶母爲妻了。

然而，手下的人不忍心殺這麼小的孩子，就將伊底帕斯送給了遠方的牧羊人。牧羊人又將這小嬰孩送給了膝下無子的科林斯國王，於是伊底帕斯就被以科林斯王子的身分養大了。長大之後，突然又有神諭說伊底帕斯將弒父娶母，伊底帕斯大爲驚恐震駭，他決定遠離科林斯，一輩子不再和父親母親見面，用這種方式杜絕預言成眞的任何可能。

離家浪遊的過程中，在一個三岔路口，伊底帕斯遇到了一個帶著隨從的人，他和其中的一個隨從起了衝突，處於巨大壓力、心神晃盪狀況下的伊底帕斯抓狂了，把那一隊人馬都殺了。被他殺的其中一人就是底比斯國王，他的親生父親。

伊底帕斯繼續流浪，來到了底比斯城。此時底比斯正陷入災難驚恐中，城門口被一個人面獅身的怪物占據了。這個怪物對來往城門的人問一個問題，答不出來的就被怪物吃掉。問題是：「什麼動物小時候四隻腳、長大變兩隻腳、老了之後是三隻腳？」底比斯城人都答不出來，紛紛遭難。伊底帕斯卻立刻回答了：「那就是人啊！」如此解了底比斯的危難。

底比斯人視伊底帕斯爲英雄，加上他們的國王又剛死了，於是就將伊底帕斯拱上王位，同時伊底帕斯也就娶了原來的王后，那王后是他親生母親。

經過了十年，底比斯城面臨一場新的災難，瘟疫在城中蔓延。神諭宣示：災難起於底比斯人至今未替原來的國王報仇，也沒有找到殺他的凶手。於是伊底帕斯誓言要查明眞相，替底比斯人解除瘟疫災難。在他堅持追查下，眞相浮現了，他就是凶手，而且他不但殺了自己的爸爸，還娶了自己的媽媽。

伊底帕斯命中注定要「弒父娶母」，這件事早以預言的形式流傳，相關的人因此嘗試各種努力試圖扭轉、逃避這不可思議的禍事。然而，事後整理看來，他們自以爲是所做的每一件事，剛好都促成伊底帕斯在無知懵懂的情況下殺了生父、娶了生母。

伊底帕斯的故事變得如此有名、如此重要，因爲有索弗克里斯[9]寫的精采悲劇作品。而那部《伊底帕斯王》名劇，將場景設定在瘟疫爆發時的底比斯城。從時間上看，伊底帕斯的命運詛咒早已發生，他十年前就殺了爸爸、娶了媽媽；因而戲劇的重點、戲劇的張力，是他如何知道了這件事，知道自己畢竟逃不過命運的操控作弄。

卡繆提醒我們：伊底帕斯最深的「悲劇」，不在於落入命運之手、做出了「弒父娶母」的行爲，而是命運還要讓他後來意識、知覺這件事。要是他從來都不知道自己

---

9 索弗克里斯（Sophocles，前四九六～前四〇五），古希臘劇作家，《伊底帕斯王》作者。

在三岔路口意外殺死的人是他爸爸，要是他從來都不知道自己到底比斯城娶的新寡王后原來是他媽媽，那麼伊底帕斯就還能在無知中安穩地好好活著。但他知道了，他被投擲進最深的絕望中。

卡繆看重的，卡繆要凸顯的，是伊底帕斯的那份絕望。痛苦中刺瞎了自己的雙眼，孤伶伶地自我流亡，但他活著。此時他活著的狀態，和明白事實之前最大的差別在：絕望。伊底帕斯的生命不存在任何希望，認清了一切，排除了一切希望，伴隨著他的只有最黑暗最痛苦的絕望。

就如同薛西弗斯，尤其是他接受石頭再度落下的事實，邁著步伐毫不自欺地走下山時，那一刻，依照卡繆的解讀，他是誠實的、他是勇敢的，悲劇、命運、神的責罰都拿不走他面對絕望、接受絕望的誠實與勇氣，因而「我們必須想像薛西弗斯是快樂的」。

免於依賴希望的自由

在如此鋪陳推論薛西弗斯的過程中，卡繆看似不經意地加了一句話：「現代人每天做一樣的工作，其命運並不見得比較不荒謬。」雖然只有這麼一句話，但我們就不得不背脊發涼地明白卡繆認爲薛西弗斯神話跟我們之間的關係：在某個意義上，我們都是薛西弗斯，早上上班、晚上下班，反反覆覆做同樣的事。我們和薛西弗斯有什麼不同？或許我們的工作不會讓我們渾身沾滿泥巴，也不用搞得隨時因用力而五官猙獰扭曲，但這不是眞正的差別、重要的差別。眞正的差別在我們不曉得或不願承認自己是反覆徒勞的。我們帶著成功的希望，欺騙自己每天做的事都有意義。

我們的荒謬在於不知道、不承認生活之荒謬。所以我們的生命中就沒有了薛西弗斯看著石頭落下、誠實面對徒勞無望的那一刻，也就不會有薛西弗斯的那份誠實與勇敢，就連薛西弗斯終極的那份「快樂」都無法擁有。

別同情薛西弗斯，更別對薛西弗斯的遭遇大驚小怪，先回頭想想：會不會自己就是個同樣日復一日推石上山的薛西弗斯，只是從來不敢承認，一直活在虛假、欺騙的希望裡？

薛西弗斯知道他是不自由的、知道自己是受拘鎖、被懲罰的。而我們不知道，我們不要知道，我們寧可用各種方式相信自己是自由的。

這是「存在主義」的悖論。薛西弗斯勇敢知道、承認自己不自由，給了他一份特別的「自由」，得到了誠實與勇氣帶來的「快樂」。我們一般人怯於面對自己的不自由，活在種種煙幕與希望中，反而更不自由。

卡繆的「存在主義」始終帶著一份挑釁、挑戰的意味。他要找到你的眼睛，直勾勾地盯著你，讓你無所遁逃，然後問：「你敢嗎？I dare you to know!」他挑釁、挑戰你敢不敢離開舒服的煙幕與希望，看到殘酷的眞相。

索弗克里斯的《伊底帕斯王》戲中，有一段是找來了一位盲眼預言家，問他知不知道究竟是誰殺了前一位底比斯王？盲眼預言家叫伊底帕斯不要問了，他不想說。但伊底帕斯堅持要他說，甚至動怒說氣話：「如果你不講，那就表示是你殺的！」伊底帕斯的話激怒了老人，於是老人說出了「沒有人能承受的眞相」——凶手就是伊底帕斯。

《伊底帕斯王》劇中還有一段，王后聽了來自科林斯的信使的說法，察覺到了可能的事實，她痛苦地勸伊底帕斯：「不要再問了，你不需要知道這些。」但伊底帕斯堅持要問到底。

看完了全劇，知道了結果，回想這兩段，你心中會不會有一個聲音或低啞或高亮地響著：「是啊，不要再問不要再查了，幹嘛一定要知道呢？如果不知道不也就沒事了嗎？」

卡繆特別針對我們心底的這個聲音發問：「你寧可不知道嗎？你寧可知道了也假裝不知道嗎？你願意知道多少？你敢知道多少？你敢對自己誠實承認到什麼程度？」

知道和不知道，是兩種完全不同的人生，即使人生的其他事實全都維持一樣。伊底帕斯是個耀眼的明證。他的人生並不是在「弒父娶母」那天改變的，而是在他知道了自己「弒父娶母」那天改變。同樣地，再次引用卡內提的話來解釋：同樣的壽命，知道自己什麼時候會死，和完全不知道或不願知道，我們活著的方式將徹底不同。這也就是為什麼到現在，醫學倫理上仍然在爭議：要不要、該不該將病情診斷完全誠實告訴病人？要讓他知道自己是癌末？還是隱瞞不說，只告訴他的親人？爭議無法獲得解決，因為知道或不知道，的確會影響、改變人的態度與人的行為。

薛西弗斯身上有一份自由，那是免於依賴希望的自由；或者換個方式說：免於對自己說謊、欺瞞自己的自由。他知道推石工作是懲罰是詛咒，他如實地知道推石上山絕對不會成功，推到山頂，終究還是要喟嘆一聲，隨著轟隆落下的石頭再走下來。

他不假裝相信：我這次把石頭推上去，石頭可能會在山頂好好站著，完成了推石上山的目的，讓這次的努力辛勞有了結果、有了成就、有了意義。他不找藉口，不告訴自己：我今天推石頭、明天推石頭，一直推下去，到了四十五歲，我就可以退休不用再推石頭了。不需要到了四十五歲明明看到自己還在推石頭，就另外找藉口說：父母老孩子小，沒辦法我還是再繼續推一會兒石頭吧，等六十五歲我就真的不再推石頭了。

卡繆的偏見判斷：擁有不欺瞞、不找藉口而活著的自由，比用希望、藉口構築起自以爲是自由的那種自由，來得高貴、來得有價值。「我們必須想像薛西弗斯是快樂的」，因爲他過著誠實的生活，看著石頭落下時，他清楚、滿意於自己的不欺瞞，我們只能用「快樂」來想像那種感覺。石頭落下，是宙斯給的懲罰，我們同意那是可怕的懲罰，費那麼大的力氣，忍受那麼艱難的過程，卻一無所獲，徒勞無功。但卡繆舉證：怎麼會是一無所獲、徒勞無功呢？在那一瞬間，薛西弗斯得到了生命的誠實、得到了巨大的勇氣，正眼對著自己的命運，那份感覺，我們沒有人眞正經驗過，因爲我們誰也沒陷入到像薛西弗斯那麼慘的境遇中，但我們能想像，想像中，我們只能以「快樂」命名那份感覺。

的確，我們沒有經歷過薛西弗斯的境遇，也不曾用這種方式看待薛西弗斯，只覺得他很慘很可憐而已；然而奇特地，經卡繆這樣分析，我們卻眞的能想像、能體會那份誠實、勇敢所帶來的自我滿足，同意：「我們必須想像薛西弗斯是快樂的」。

「必須」還有一層意義，表示這是來自於哲學思考的必然結論，不是偶然。這中間不受其他變數影響——今天山上溫暖些，所以薛西弗斯是快樂的；薛西弗斯的個性豁達，所以他是快樂的……不是這樣的經驗道理。這種「快樂」，是從人生價值的邏輯思考上一步步推論出來的，必然如此、只能如此。

卡繆所說的「誠實」，比我們說的、常識認定的「誠實」，要徹底一百倍。那不只是對別人誠實、那不只是對自己誠實，那是對自己最不願承認的生命痛苦、命運的橫逆遭遇與盲目的詛咒，都誠實以待。

第四章　勇敢到近乎自虐的「存在主義」哲學

創作是為了要離開「日常」

《薛西弗斯的神話》第三篇，標題爲〈荒謬的創作〉，這一篇文章提到了「創作」，提到了「小說創作」。卡繆從「荒謬」的概念中，重新整理、重新定義人的「創作」究竟是怎麼一回事。

我們活在「荒謬」中，但爲什麼過去我們不曾自覺自知其「荒謬」？生活中，「荒謬」都藏到哪裡去了？

「荒謬」藏在日常裡，所以我們看不到、感覺不到。關於「日常」與「荒謬」之間的關係，沙特說得比卡繆清楚、明確。在《存在與虛無》書中，沙特如此解釋：「意識」原本是個別的、混亂的，爲了要從這些個別、混亂的「意識」中找出「意識者」，人必須取消「意識」的個別、偶然性，將之「虛無化」，用一種秩序來代替；這樣我們才能安心感覺到，有一個主體、有一個「自我」在接收所有「意識」，這是我們「自我」的起源。

從沙特比較嚴謹的哲學推論來看：「荒謬」藏在哪裡？藏在每個個人「自我」形成的過程中。我們必須取消原本的、事實的無序混亂，代之以一套秩序，才能知覺、意識自我，確認、相信在這些混雜意識的另一端，有一個整體的「自我」存在。「荒謬」的混亂現實，和我們的自我意識相牴觸，不把它收拾隱藏起來，就不會有自我。至少不會有穩固穩定、可作爲生活依據的「自我」。

卡繆沒有像沙特這樣正面地解釋「荒謬」在哪裡，他換從另一個方向討論：人爲什麼創作？人什麼時候、什麼狀態下創作？卡繆申言：人創作就是爲了要離開「日常」，離開平時習以爲常的狀態。「日常」、習以爲常的狀態，不是眞實的，充滿了我們自己建構的希望與謊言。創作，特別指藝術創作，把我們帶離「日常」，同時也就帶離了那漫天罩地的謊言。

人會有創作的欲望，人的環境中有藝術存在，說明了我們和「日常」之間的緊張。儘管不見得自覺，我們總無法眞正安居在「日常」中，因爲那就不是眞實，而是一套複雜、綿密的希望謊言與虛構秩序；但不管它再怎麼複雜、綿密，不是眞實的「日常」就是有破綻，就是有不對勁的地方。

藝術離開「日常」，藝術衝擊「日常」，所以在藝術中我們最有機會察覺被「日常」所掩蔽的「荒謬」。

文章中卡繆特別強調：創作不會改變什麼。但那絕不意味著他主張創作是虛妄或沒有意義的，而是創作的目的、創作的效果，在卡繆看來，不是要產生什麼新的、沒存在過的東西，創作是爲了讓我們看見「荒謬」。「荒謬」不是創作者製造出來的，「荒謬」早就在那裡，卻被「日常」壓著遮著，於是我們只能依賴創作把人帶離「日常」，讓「荒謬」有機會顯露出來。就好像費了很大力氣把床搬開，才能查看床底下藏了些什麼，費那樣的力氣，當然從來就不是爲了要製造出什麼本來不在床底的東西。

讓人看到「荒謬」，而不是讓人看到「創作」，是卡繆主張、追求的創作價值。創作不可以、不應該變成目的。創作變成目的的同時，創作也就提供了人新的希望，參與了欺瞞。只有不提供希望，只揭露、只顯現「荒謬」的創作，才是卡繆心中眞正的創作，也才值得做。

顯然，卡繆是用這種觀點來看待自己的創作，在他的主觀價值中，《異鄉人》應該就是這樣一種把人帶離「日常」，幫助人看見「荒謬」的藝術創作吧！

一隻急著要去趕火車的大蟲

《薛西弗斯的神話》書中沒有直接講卡繆自己的《異鄉人》，但書中收錄了一篇談卡夫卡的文章。

卡夫卡[10]最有名的小說，是《變形記》（或譯作《蛻變》）。葛雷戈．桑姆薩一覺醒來，發現自己變成了一隻大蟲，仰躺在床上，掙扎動著腳卻翻不過身來，腦袋裡急著：再不趕快翻過來起身，就要趕不上火車了。一隻急著要去趕火車的大蟲！

光看光想這樣的開頭，我們很容易就脫口而出：「多荒謬啊！」但讓我們停一下，認眞好好問問自己，當我們說「多荒謬啊！」我們講的「荒謬」是什麼意思？小說中的什麼內容或性質，使我們認定那是「荒謬」的？

因爲卡夫卡寫了一個現實中不會發生的故事，情節和現實有那麼大的差距，所以「荒謬」？的確，我們誰都不可能活著活著，突然從一個人變成一隻蟲。然而並不是所有關於非現實的描述，都會在我們心中刺激出類似閱讀《變形記》時產生的荒謬感。例如讀《哈利波特》中描寫霍格華茲學校裡的魁地奇球比賽，來自不同學院的選手都騎著掃把在空中飛來飛去，那當然也是絕對不現實的景況，我們卻不感覺荒謬，

10 卡夫卡（**Franz Kafka**，一八八三～一九二四），奧地利猶太人，二十世紀重要的德語作家，《變形記》（*Die Verwandlung*）爲其代表作。

反而還心跳加快地認同哈利的經驗，尋找、追蹤著那個刁鑽躲藏的小金球。

《變形記》的荒謬，一部分、很大一部分來自於桑姆薩的反應。變成了一隻蟲，他還想著要去趕火車上班！我們想像一隻蟲拎著皮箱趕火車進辦公室，那樣的念頭讓我們忍不住暗叫一聲「荒唐！」他怎麼不先擔心自己變成一隻蟲這件更龐大、更切身的事？爲什麼不先驚慌地問：「究竟在我身上發生了什麼事？」「我該如何才能變回正常的人？」卻去憂慮無法趕火車上班！

然而，卡夫卡的文學力量，就在激發出了這份我們內心的荒謬感。用戲劇性誇大的方式，卡夫卡在我們心底某個幽微陰暗、自己不見得願意承認、不見得有勇氣面對的地方，種下了一顆懷疑的種子：「然而，我自己一般日常生活的輕重緩急判斷，不也存在著類似的荒謬？我敢保證換作是我早上起床變成了一隻蟲，我不會和桑姆薩一樣焦急地擔心上班遲到老闆臉上會有什麼難看的表情？那份荒謬，離我眞的很遙遠，隔著一道堅實不會洞穿、不會倒塌的牆壁嗎？」

在那當下，做爲一個人，至少是做爲人的意識的存在，桑姆薩最爲特別、獨一無二的，是他變成了一隻蟲。但他思考的、在意的，卻不是這件事，反而持續關注他和其他千千萬萬上班族一樣的事：如何去上班、如何不要遲到、萬一遲到甚至缺班了該如何跟老闆解釋交代……在那當下，他跳過了他自己，跳過了自己眞實且特殊的存在，繼續只以一個「普通上班族」的身分存在著。

這很荒謬。在那當下，桑姆薩失去了掌握自我生命的能力，無從理解、無從關心自己變成了一隻蟲這個事實，只關心別人預期的自己——一個應該趕火車準時上班的人。「趕火車準時上班」這個外在的存在定義，超越了變成蟲這件事，控制了桑姆薩。

我們不會變成蟲，但我們常常和桑姆薩一樣，以別人的預期作爲自己存在的定義。卡夫卡的荒謬，不是什麼怪誕遙遠的東西，而是像一條看起來以爲是往遠處去的隧道，走進去，一直走一直走，最後走回到自己。桑姆薩的荒謬，就是我們自己的荒謬。我們可曾正視自己的生活，關心如果我是一隻蟲，就該找出以蟲的身分來活著的方式嗎？還是我們都一直忽略忽視自己究竟是什麼，一心一意只想過和別人一樣的生活，即使變成了一隻蟲，還覺得該去趕火車上班？

在《變形記》中，桑姆薩原來過的那種「人的生活」最重要的意義在：那就不是「蟲的生活」。變成了蟲卻還要過「人的生活」，無法正視蟲的存在事實，那是荒謬的。

卡繆提醒我們：卡夫卡表達、傳遞的荒謬性，不在小說裡，而在藉小說虛構將我們從日常中搬移開，讓我們離開原本熟悉的種種假設，看見了藏在這些假設底下的荒謬事實。

「時間是不理會我們的美好的」

卡繆的寫作以荒謬爲起點，荒謬的核心因素之一是死亡。一九六〇年，卡繆英年早逝，死於一場車禍，那場車禍幾乎就像是一個存在主義的故事情節。

卡繆離開巴黎，搭火車去南特，他買了來回票。在南特，他遇到了法國大出版社迦里瑪的老闆，迦里瑪先生就邀請卡繆搭他的便車回巴黎。卡繆上了迦里瑪開的轎車，車在路上出了車禍，車上一共坐了四個人，偏偏就是那個口袋裡還放著回程火車票，不需要、不應該坐上轎車的卡繆死了。

他好像用他的生命示範存在主義的固執信條：人生是什麼？人生是就算你買好了回程的火車票，都無法保證你不會死在一輛轎車裡。關於死亡，我們不會有任何把握，我們只是用假設在推拒、延宕死亡的無常性，告訴自己、讓自己相信：既然我都買好了回程火車票，至少我就排除了汽車車禍死亡的可能性。

不，我們連這樣的假設都沒有把握。眞實來臨時，所有看起來再怎麼可信、像樣的假設通通化爲輕煙消散，只留下不管你要不要相信、要如何相信的死亡本身。

那一年，卡繆才四十七歲，得到諾貝爾文學獎後的第三年。聽到他的死訊，多少人忍不住摀口驚呼：「他怎麼可以就這樣死了？」然而卡繆一生的作品，正就在冷靜得近乎冷酷地問：「不可以這樣死，那要怎樣死才『可以』？眞的有『正常的』、『應該的』死法嗎？」

即使是看穿了這份生死無常荒謬性的卡繆，也仍然受到他所揭示的荒謬性管轄，仍然以這種方式死了。

羅智成在《寶寶之書》裡有一首很短很短，短到只有一句話的詩：「時間是不理會我們的美好的。」這樣一句話，可以成詩嗎？可以吧，因爲看似簡單的一句話，逆反了我們平常習以爲常的假設。我們總是習於假設：美好的事物會留著，會因爲美好而比較持久，或藉著美好取得一種抽象的永恆性。如此假設使我們感覺良好，增加我們活著的信心與勇氣。詩人直截了當打破了我們的美好假設。

沒有任何道理說明事物會因其美好而能抵抗時間，能不消失。「你曾經對我說／你永遠愛著我／愛情這東西我明白／但永遠是什麼？」羅大佑歌詞裡所問的，他用後面的歌詞回答了：「現在你說的話都只是你的勇氣」。你說的「永遠」，純粹出於感覺，沒有任何依據、沒有任何道理。你莽撞地說出了其實自己沒有資格說的話。卡繆會說：那不是「勇氣」，剛好相反，那是因爲你沒有勇氣面對、承認其實沒有「永遠」這樁再結棍、再確定不過的事實。

「好人爲什麼死得那麼早？」「爲什麼壞人偏偏長命百歲呢？」不，壞人沒有「偏偏」，他會活多久，本來就和他的好或壞沒有關聯，只是我們不想接受。我們創造了種種假設，並信以爲眞，依賴這些假設帶給我們舒服一點的感覺。

「爲什麼卡繆就這樣死了？這麼了不起、這麼重要的人，竟然因爲車禍一瞬間死了，而且車上其他三個人還都沒死！多麼荒謬啊！」我們忍不住這樣想、這樣問，然而卡繆的作品卻是要我們看出來：眞正的荒謬不是他四十七歲死在一輛他大可以不必去坐的車上，而在我們竟然會認爲他不可以、不應該這樣死。

身為人子的卡繆

卡繆去世後，生前未完成的遺稿《第一人》（*Le premier homme*）才出版。要了解卡繆，這是部重要的作品，因爲書中以小說的形式整理了他自己在阿爾及爾成長的經驗。讀這部自傳小說，我們清楚卡繆一輩子從來沒有見過父親。他一九一三年出生，還來不及對這個世界有任何印象、任何記憶，戰爭就爆發了。他父親屬於最早上戰場、最早死於戰爭的一批人。

卡繆的父親從阿爾及利亞遠赴法國打仗，死在法國的戰場上，然後就葬在法國。換句話說，卡繆不只沒有機會看到活著的父親，成長的過程中，就連父親的墳墓都遠在天邊。

《第一人》中寫了卡繆的眞實經驗：三十二歲那一年，他才第一次去到父親的墓前。他甚至不是專程去追尋父親的墳墓，而是爲了拜訪朋友，經過了父親葬身的墓園。既然路過，他覺得沒有理由不去看看父親的墳墓。他找到了那座墓園，看到了一大片十字架，類似的十字架下躺著同樣都是在第一次世界大戰中犧牲的戰士，十字架上都刻寫著他們的生卒年。他站在那裡，看著父親墓碑上刻的數字，發現父親二十八歲就去世了。他驚訝地發現，自己比躺在那裡的父親年紀大。進一步，他感覺到：「原來這裡埋葬的，是一群年輕人，甚至是一群孩子，我的父親以一個孩子的身分躺在這裡。」

《第一人》書中也寫了他的母親和外婆。卡繆其實是跟著外婆長大的。〈阿爾及爾之夏〉文章裡曾經寫過童年時外婆逼他去睡覺的回憶，到了《第一人》中，卡繆將他和外婆的關係描述得更清楚更生動。雖然他和母親、外婆一起住，但他母親是個很奇怪、很難親近的人，卡繆和她的關係疏遠。

不曾有父親，又和母親關係疏遠，這是卡繆生命的現實。讀他的書，我們應該將這份現實放在腦海中，作爲背景、作爲參考。

《異鄉人》全書的第一句話是：「今天，媽媽走了。又或者是昨天，我也不清楚。」小說主角、敘述者莫梭的媽媽死了。小說中第一部的核心事件，是從這裡衍生出來的。莫梭的媽媽死了，但他卻無法感到哀傷。

媽媽在養老院去世了，是養老院的人拍電報通知莫梭這個消息，所以他弄不清楚媽媽死的時間是今天還是昨天。他去了養老院，參加守靈的儀式，守靈時發生了一些事。第二天，他把媽媽埋葬了，然後他離開了。這是小說開頭的主要情節。

莫梭是敘述者，講的是他主觀所看到、所感受到的。從他的敘述中，我們知道了他和媽媽之間的疏離關係。媽媽住在養老院裡，而且他和媽媽在養老院裡交的朋友如此陌生、尷尬。

他被迫參加守靈及葬禮，感到格格不入。死的是他媽媽，然而這些儀式所設定的人子角色，卻和眞實的莫梭有太大的差距。他缺乏這些儀式所預期、所假設人子應該要有的反應。從開始遇到的養老院院長，到護士，到後來守靈中遇到的人，他們都帶著莫梭無法滿足的預期、假設來到他面前，不自主地用那樣的預期、假設看待他、評斷他。

第一部中，莫梭說：「他們坐妥後，紛紛朝我拘謹地點點頭。由於這些人雙唇陷進沒有牙齒的嘴巴裡，我分不清他們是在跟我打招呼，還是在無意識地咂嘴。應該是打招呼吧。我發現他們全部圍繞著門房坐在我對面，微微地搖頭晃腦。霎時間我心中一股荒謬的感覺油然而生，彷彿他們是來審判我的。」

到了第二部，我們會曉得這樣的感覺其實並不荒謬。在一個意義上，他們的確是來審判莫梭的。第一部我們只得到莫梭的主觀印象，但到了第二部，這些人的審判意見卻在法庭上變成了客觀的事實。同樣的這段守靈經驗，在小說裡描寫了兩次，一次透過莫梭的主觀，一次透過法庭上其他人的評斷。兩次截然不同。

存在上的難題

一個人無法依照別人預期那樣去感受並表達對母親之死的哀傷，卡繆要藉由這樣的人來揭示、暴露我們日常生活中的種種荒謬。

《異鄉人》出版於一九四二年，距今超過七十年了。七十年的時間，帶來了很大的變化，其中的某些變化，使得我們今天讀到莫梭對於母親之死的反應，沒有那麼驚訝、那麼震駭。七十年前，不只東方社會，就連法國社會都還將親人之死，尤其是雙親之死，看得極其嚴重、嚴肅。那時候，就連法國社會都對喪失雙親的子女有很固定、很明確的認知，認定你一定是哀傷、痛苦、錯亂、暈眩，無法冷靜、清醒維持正常感官反應的。

《異鄉人》強烈地衝擊了當時的法國人，得到卡繆要的效果。他讓法國人看到在一般生活中，外在的預期、假設，別人眼中設想的我們，和我們內在的眞實會有、可以有怎樣的巨大落差。

我們怎麼面對這件事實？或者該退一步先問：我們有勇氣知道、承認這件事實嗎？敢於對自己說其實很多時候，活著主要是在想像、調整、迎合別人的預期，卑微且猥葸地讓自己表現出、演出別人要的模樣？

卡繆要指出：很多時候，我們的眞實情感和別人的設定有差距，但往往我們假裝不知道有這麼回事。這種差距出現時，幾乎毫無例外，我們不是假裝不知道別人有怎樣的設定，而是假裝不知道自己眞正有什麼感受。我們選擇犧牲自己的感受，找出藉口來將眞實予以掩蓋、掩埋。

但莫梭的處境、遭遇無情地揭開了我們費了很大力氣做好的僞裝、掩體。他不是故意要跟別人不一樣，不是出於一種忠於自我的選擇。他和大家一樣，先選擇願意努力配合，但畢竟做不到完完整整的自我掩藏，也就是他失敗的那部分帶來了龐大的災難。

「存在主義」是一種很勇敢，有時甚至令人覺得過度勇敢、勇敢到近乎自虐的哲學。這套哲學主張，眞正解決存在問題的一種方法、最重要的方法，是逼人無所逃躲地正視生活中最害怕、最不想面對的事物。不再逃避，誠實睜大眼睛瞪著看好，如此你才能眞正通過存在上的難關。從前哲學所採取的解釋態度，非但無助於處理存在，還提供了更多迂曲的道路、更多遮蔽的樹蔭，讓人離開眞正的問題，假裝看不到眞正的困境。

第五章　自己的還是別人的人生意義？

「Strange」和「Estranged」

卡繆的小說《異鄉人》有許多中文譯本，而且有兩個不同的譯名。台灣一般通稱爲《異鄉人》，大陸則普遍譯爲《局外人》。中文的「異鄉人」和「局外人」，感覺不是同一回事。哪一個比較適當，比較接近法文原意，更重要的，比較接近卡繆的想法？

法文書名是「L'Étranger」，這個字對應到英文是「The Stranger」，「這個陌生人」，或說「這個和環境格格不入的人」。英文裡 stranger 來自形容詞 strange，而 strange 的動詞形式則是 estrange。Estrange 是什麼意思？或換一個小時候學英文的方式問：我們什麼時候會用到 estrange 這個字，舉個例來幫忙說明、解釋一下吧！

Estrange 這個字在日常英文中最常以被動式轉成的形容詞存在，而且最常見到的用法是 estranged couple，或 his estranged son，或 her estranged husband。

Strange 和 estranged 都是形容詞，不過字義有微妙卻明確的差別。Strange 泛指任何不尋常、少見的事，對應中文裡的「奇怪」。Estranged 則特指變質了的關係，一種正常且親近的關係疏遠，甚至變得敵對了。本來就沒有什麼緊密關係的路人甲和路人乙之間，不管發生了什麼事，都用不上estranged這個字。相對地，父子母女家人關係，或是一個國會議員和選民，或是一個電視節目主持人和觀眾……這類關係都存在著某種緊密連結的規範，要是規範扭曲、破裂了，緊密連結要嘛變得彆扭，要嘛淡化陌生了，那就適合用estranged來描述、形容。

卡繆使用的法文書名，比較接近estranged的字義，不是stranger。透過書名他要傳遞的，不是一個本來就和這個環境沒有關係、外地異地來的人。而是一個本來在這裡有好好的、安穩的、理所當然位置的人，卻偏偏離開了那個位置，沒有按照那個位置所要求、所假設、所預期的方式行爲、思考，以至於變成一個怪人，一個彆扭、疏離、格格不入的人。

不只是中文裡的「異鄉人」或「局外人」譯不出這種特殊的意義，就連英文裡的「The Stranger」，認眞說，也算不上精確的書名。如果要更精確些，英文書名可以更接近法文，用「The Estranged」，不過這樣一來，英文的意思就會變成複數的，指那些疏離的人，又失去了法文中確定單數、「這個人」的意思。還有一種更複雜些的選擇，是用上日常英文中少見的字，譯成「The Estranger」，那樣英文讀者或許能夠一眼看出其特殊的指涉。

中文裡，我們說「夫妻反目」，我們說「同床異夢」，這些都是形容夫妻感情變質惡化的詞，也都是稍微接近estranged意思的表達方式。Estranged不一定都會反目，更多時候只是淡漠、麻木，形成一種古怪的陌生態度，同不同床不重要，但兩人一定是「異夢」的。

夫妻會變得estranged，也就是因爲我們的社會觀念中根深柢固認定夫妻不只會「同床」、要「同床」，而且還要「同夢」。Estranged的夫妻，就是脫離了這個別人視之爲必然的假設。如此，我們可以比較清楚掌握「L'Étranger」書名和卡繆的「荒謬」觀念之間的關係。

和世界的關係產生了疏離異變的人

不是中文裡的「異鄉人」，也不是「局外人」，「L'Étranger」要講的，是一個和世界的關係產生了疏離異變的人。

所以讀這本書，我們要先辨認誰是「L'Étranger」？那顯然應該是書中的第一人稱敘述者莫梭。接著，我們應該問：這個人，他和世界的關係發生了什麼問題？

書開頭時，他無法按照一般規矩對待、處理他媽媽的喪禮、葬禮；到了第一部結尾時，他犯下了嚴重的罪行，在海灘上殺了人，而且還對死者開了五槍。第一槍就讓那個阿拉伯人倒了下來，他卻又朝倒地的人身上加開了四槍。「這四槍彷彿短促的叩門聲，讓我親手敲開了通往厄運的大門。」第一部結束在這句話。四聲，顯然隱指著貝多芬《命運交響曲》開頭由四個音組成的動機，命運叩門的聲響。

不需要讀卡繆的其他作品，不需要對卡繆的哲學思考有什麼理解，我們都很容易感覺到小說中的這個莫梭不太對勁。但若是將卡繆的本意放進來，我們就得更小心地看待莫梭的「怪」，那不是單純的「怪」，那「怪」和「荒謬」有關，甚至是來自「荒謬」的。

莫梭和這個世界的關係異狀，反映在他記錄自我生活的方式。他的紀錄是片段的，這裡發生一件事、那裡發生一件事。他沒有試圖要將許多片刻的生活用怎樣的方式串聯起來，使他們彼此之間有關係。好像發生在他身上、身邊的每件事都是各自獨立的。

他媽媽的葬禮上，他特別注意到了菲赫茲先生。依照養老院的習慣，養老院的院友只參加守靈、不參加葬禮，但因爲菲赫茲先生等於是莫梭媽媽晚年的情人，所以院長特別破例讓他參加葬禮。葬禮中，菲赫茲先生非常醒目，因爲他一直落在隊伍後面。「……菲赫茲看起來離得很遠，被大片熱氣和煙霧淹沒，然後消失不見。我搜尋他的身影，發現他離開了馬路，轉進田野間；我看到前面的路開始轉彎，原來熟悉路況的菲赫茲打算走捷徑來追上我們。果然他從轉角處重新加入隊伍，接著又漸漸脫隊，並再次穿越田野，就這樣重複好幾次。」

這件事之後，莫梭記得、記錄的是：「抵達村莊前，駐院護士曾跟我說話。她的嗓音很特殊，優美而顫抖，跟她的臉蛋完全不搭調。」她說的是：「如果我們走得慢，很可能會中暑；可是如果走得太快，就會汗流浹背，進到教堂便容易著涼。」這話和前面關於菲赫茲的描述不搭調，他們兩人所行所言，也都和葬禮不搭調。

或者該說，我們看不到莫梭在主觀的描述紀錄中，對菲赫茲和他媽媽的黃昏之戀有什麼好奇，也沒有要解釋他看到菲赫茲如此追趕葬禮隊伍時有何特殊感受，而且在那樣的人生終極處境中，他記得的卻是陌生護士一句莫名其妙的話。

菲赫茲的努力顯現了他對莫梭母親的深厚感情，但莫梭從頭到尾沒有要去探問那是什麼樣的感情，也沒有打算從菲赫茲或其他人那裡去了解母親最後一段生活。他不好奇，他沒有興趣。葬儀社的人問他：「裡頭是您母親嗎？」莫梭回答：「對。」那人又問：「她年紀很大了嗎？」莫梭回答：「差不多。」因爲他根本不曉得母親確切的歲數。而且就算這樣被問了，也沒有想要去弄明白的衝動。

我們找不到預期中一個人子面對母親死亡該有的反應，也找不到平常書寫中該有的那種經過整理之後，選了有意義的、去除了無意義的，相對有條理的一段敘述。他對於葬禮留下的印象是：「……教堂和人行道上的村民，墳墓上的紅色天竺葵，像支離破碎的木偶般昏厥的菲赫茲，撒在媽媽棺木上血色的紅土和混在一起的白色根莖，人群、嘈雜聲、村莊、在咖啡館前的等待、無止境的隆隆汽車引擎聲，以及當公車駛近阿爾及爾明亮市區時我的喜悅，心想自己終於可以回家，倒頭便睡上十二個小時。」

一連串混亂印象後，竟然結束在「喜悅」上。葬禮之後感覺到的「喜悅」。

混亂、迷茫的敍述者

回到小說史的發展上來看，《異鄉人》一九四二年出版時，一般小說讀者很難習慣這部小說一開頭的寫法，因而留下了強烈的印象。雖然已經出現了像《尤利西斯》（*Ulysses*）那樣的現代主義作品，但喬哀斯及其他現代派的作者畢竟還是被視爲實驗藝術的少數，一般讀者仍然期待小說應該傳遞條理清楚的訊息。

尤其是以第一人稱寫成的小說。這個人要告訴我們發生在他身上的事，那麼顯然他所說的，應該出自於某種未明說、不必明說的原則與標準選擇，講這個而不講那個，這個講得詳細些、那個講得簡略些，必定有其道理。還有，既然是第一人稱的寫法，呈現在讀者眼前的，就應該是這位敘述者整理過後，表達、表現其觀點與意義的內容。

卡繆卻給了我們一個混亂的敘述者。他自己都不太弄得清楚身邊究竟發生了什麼事，甚至不清楚自己身上發生了什麼事，也不清楚應該要用什麼方式、什麼角度來掌握、理解發生在自己身上的事。他只能本能地、迷茫地做出反應，然後本能地、迷茫地留下紀錄。

莫梭缺乏一種我們一般視之爲理所當然的能力，那就是在事情當下，或至少是事情發生之後，設想別人會如何看待事情的能力；以及因應這樣的設想，調整並形成自己對事情看法的能力。這是莫梭的「荒謬」本源。

他無法掌握母親去世這件事，無法理解別人會如何看待他母親去世，以及他做爲一個參加母親葬禮的兒子的意義。他無法掌握母親去世以及跟女友到海灘去玩，這兩件事之間的關係；他無法掌握女友跟他談結婚的事，女友心中的預想與期待；他甚至無法掌握開槍殺了人，這樣一件極端大事的意義。

藉由莫梭的匱乏，卡繆提醒了：我們原來是以對於訊息的直覺或思維掌握，來和外在世界建立關係的。我們知道別人會怎麼看、怎麼想，隨時依照這樣的認知來調整自己的行爲，乃至自己的想法，如此我們和外在世界的關係才不會出問題。

莫梭不是如此。他少根筋，沒有辦法把自己置放入別人的預期與假設中，於是他和外在世界的關係就出現了裂縫，裂縫擴大，他就成了和世界關係疏離的 L'Étranger。

對於自己的生活，莫梭只經驗、只記錄，卻不解釋；或說他記錄的方式，讓我們看不到預期中應有的連結。這件事和那件事之間的關係，尤其是因果關係；或者由這件事引發動機去做那件事，或追查那件事，都付諸闕如。所謂生活的意義，或人生的意義，不就在於將日常的事給予彼此的連結，盡量讓每一件事都不要孤伶伶存在，這樣我們才能活得安心？

上班爲了下個月初可以領薪水，領了薪水可以買禮物送給女朋友，女朋友高興了可以答應跟我有進一步的關係，從 Love Hotel 出來我設想離婚姻近了一步，如果結了婚兩個人薪水加在一起就有機會買房子……我們用這種方式整理經驗，聯繫生活與人生意義。就連去看場電影、和朋友上居酒屋聊一個晚上，我們心中其實都準備好了若是有人（媽媽、男朋友或老闆）問「爲什麼要去？」時，該如何回答。要是被問到了卻沒有現成準備好的答案，我們回答「不爲什麼」，聽起來就很像在賭氣，有問題。

那就是因爲我們習慣活在每件事都應該串聯在一片「意義之網」中的隱藏卻絕對強烈的預期裡。

用流水帳的方式看待自己的生活

做爲一個「荒謬的人」，莫梭彰顯了：我們活著一直在給自己、給別人編造各式各樣的意義；而且到後來，究竟是自己或別人的人生意義，也分辨不出來了。在生活意義或人生意義上，個人與集體之間的區分模糊了。

一般人雖然活在各種現象、行動接踵而來的流水時間中，以流水帳方式來記錄卻代表自己的生活帶著焦慮不安。「我今天的日子過得像是一筆流水帳。」這樣的話，不是肯定、正面的。或如陳淑瑤的長篇小說標題取作《流水帳》，自然帶著一份低調、自謙，表示這樣的小說無法提供大家深刻的感受或反省，「只是一篇流水帳而已」。

莫梭安於活在流水帳裡，甚至他連「安於」的自省反應都沒有，他就是活在流水帳裡，只會用流水帳的方式看待、記錄自己的生活。他是卡繆基於在《薛西弗斯的神話》書中論列的「荒謬哲學」所虛構出的「荒謬的人」。他只認知、接受當下感官所接收的訊息，如實接受，不多加解釋，更不試圖將各個訊息間的空隙塡起來，或將它們聯繫成一片彼此相關的意義。

L'Étranger，異鄉人、局外人，先是個「現象學人」，依照胡賽爾「現象學」原則而存在的人。對於沒有能力確證掌握的原理原則，他遵循「現象學」的指導，對之「中止判斷」、「延宕判斷」，或用稍微容易理解的中文說：「存而不論」，將之保留在那裡，不強做解人，不硬給判斷性的說明。

這樣的人爲什麼叫**L'Étranger**？從一個方向看：因爲我們其他人都和世界有著明確、安穩的關係，活在那樣的人造解釋世界裡，得到自己舒服確定的位子，但莫梭沒有。和莫梭一樣不懂、不願意如此進行解釋評斷的「現象學人」，他們沒有。他們外於這個由確定解釋組構成的意義網絡。

這套意義網絡幫我們安排好了種種「正常」、「正確」的生活，什麼事是重要的、什麼事不重要，對待什麼人該用什麼方法，遇到了什麼事該有怎樣的反應……都有方便、現成的答案，一方面省掉了我們自己摸索的麻煩，另一方面當然也就構成了對於每一個人的約束規範。

換另一個方向看，L'Étranger的特殊脫軌反應，對照出這套固定模式、固定答案的「荒謬」。映照出：我們一般人不從自己的感受出發過日子，卻奴僕般地依照這套模式與答案來過日子，是「荒謬」的。L'Étranger的存在反襯質疑了：我們習慣性將所有片段、獨立現象串接起來的意義、結構，眞的有道理嗎？憑什麼意義、結構就獲得了高於眞實、具體現象、感受的地位，可以壓制、扭曲，乃至取消了具體現象與感受呢？

這樣的生活，「誠實」嗎？

挑釁「不誠實」的世界

莫梭是小說中虛構的角色，但那虛構中，除了文學的成分之外，有更多、更濃烈的哲學成分。虛構這個角色，很大一部分是爲了傳遞、凸顯「荒謬哲學」的意念。

卡繆將莫梭虛構爲一個不自覺的「誠實的人」。長那麼大了，他卻始終沒有學會如何世故、圓滑、「不誠實」地活著，而偏偏他的「誠實」，對世故、圓滑的世界構成了強烈挑釁，因而使他陷入了萬劫不復的深淵裡。

卡繆絕對不是要宣揚莫梭可以殺人，在沙灘上開槍殺人是對的。藉由虛構這個人和那場殺人事件，卡繆要彰顯的是：我們究竟如何評斷、決定殺人這件事呢？不是依據殺人事件本身，更不是依據凶手自己的感官與描述，而是依據一套聯繫現象、創造意義的固定方法。

莫梭自己無法解釋爲何殺人，那是他最眞實、最誠實的感受。陽光、沙灘、當下的莫名衝動，可能比其他任何因素都更貼近他犯案的動機；然而這卻不是一般人能接受的說法。因爲陽光、沙灘和一股莫名的衝動而殺人？說什麼肖話！

他們無法接受莫梭的誠實解釋，於是就發動了社會的解釋機制，要給予凶案一個「合理」的說法。這套機制最強而有力的運作方式，就是將原本片段、獨立的現象、行爲牽拖進來，變成了彼此相關的結構、解釋。莫梭對於殺人當下的感受、描述不重要、不被採信；相對地，他在母親死後守靈夜的表現，養老院的人對初次見面的他當時行爲的判斷，反而取得了更高的眞理位階。

在法庭上，莫梭的律師一度爲他抗辯：「請問，被告犯的罪究竟是殺人，還是埋葬了自己的母親？」律師還試圖要分別這兩件事，但他得到的回應是檢察官說：「沒錯，我控訴這個男人帶著一顆犯罪的心理葬了母親。」對檢察官而言，或應該說對世俗的邏輯而言，這不是兩件事，而是一件事，因此檢察官的話，輕易就「對法庭裡的群眾起了不同凡響的作用」。

不只如此，莫梭是否相信上帝，也成了解釋中的重要部分。在預審法官的辦公室裡，法官「站直了身子問我信不信上帝。我的回答是否定的。他憤慨地坐回椅子上，對我說這是不可能的，每個人都相信上帝的存在，即使是那些背棄祂的人。這是他的信念，如果有天他對此產生了疑慮，那他的人生將失去意義。『您想要讓我的人生失去意義嗎？』他叫道。在我看來這與我無關，我也照實告訴他。話才說完，他已經把耶穌推到我眼前，有些失去理智地對我喊道：『我是個基督徒，我請求祂原諒你所犯的過錯。你怎能不信祂曾爲你受難？』」

莫梭以爲自己信不信上帝是一回事，法官信不信上帝是另一回事，他爲什麼殺了人又是另一回事。但法官不是這樣想的，一般世間的意義解釋模式不是如此運作的。那是他最大的錯誤。

他始終得不到的，不是人們接受、原諒他在沙灘上殺了人，而是人們，包括法庭，如實地對待他在沙灘上殺了人這件事。人們，包括法庭，只能將這件事放入一套他們習慣的意義網絡之中，才有辦法解釋、評斷、處置這件事，然而一旦被放入那套意義網絡中，殺人這件事的解釋、評斷、處置，就必然脫離了莫梭所認定的眞實，違背了他誠實地想要整理、描述的經過。

「現象學式」的生命態度

我們很難在現實裡找到像莫梭這樣的人。他無法察覺、無法理解埋葬母親和殺人這兩件行爲之間的關係，而且拒絕接受將所有的現象、活動聯繫起來成爲他這個人的意義解釋。莫梭只存在於卡繆的小說虛構裡，就像醒來變成一隻蟲的桑姆薩只存在於卡夫卡的小說虛構裡一樣。

莫梭和「一般人」之間的差距，不見得小於桑姆薩和「一般人」之間的差距。莫梭第一次去到太平間時，「門房從我後頭出現，他應該是跑著趕過來的，說話有點喘吁吁地：『棺蓋只是暫時闔上了，我這就把釘子取出來，讓您看看她。』正當他靠近棺木時被我制止。『您不想看嗎？』他問道，我回答：『不想。』他頓時愣住，讓我有些尷尬，覺得或許不該這樣說。」

然後在葬禮要開始之前，莫梭去到院長的辦公室，「他讓我簽了幾份文件。院長一身全黑，搭配條紋長褲，他邊拿起電話邊詢問：『葬儀社的人已經到很久了，我現在要請他們過來給棺木封釘，你要先見母親最後一面嗎？』我回說不用了。他聽了以後壓低聲音在話筒裡吩咐：『菲賈克，跟他們說可以了。』」

莫梭兩次拒絕了見母親遺體的機會，這不是「一般人」會做的。門房和院長期待他要有的反應，絕非如此，所以他的答案讓門房和院長都在驚訝中帶著窘迫，很難置信，更難跟葬儀社的人交代。莫梭不明白，他們期待的答案，不眞的是莫梭想不想見母親最後一面，而是做爲一個兒子應該表示要見母親最後一面的固定行爲模式。

他拒絕接受、順從一個剛死了母親的兒子角色，以及這個角色帶來的行爲及解釋行爲的意義。

他交了女朋友瑪莉，瑪莉留在他家過夜之後，「她身上穿著我的睡衣，袖口特地捲起。看她一笑，又燃起了我的欲望。過一會兒，她問我是否愛她。我說這問題沒什麼意義，可是我覺得好像不愛。我的回答似乎傷了她的心。」

當天晚上，「瑪莉跑來找我，問我願不願意跟她結婚。我說無所謂，如果她想結，那就這麼辦。接著她想知道我是否愛她。我的回答就像上次一樣，問題本身沒有意義，不過我想我大概不愛她。『那你爲什麼要娶我？』我解釋這眞的不是重點，既然她喜歡，結婚有何不可？再說，是她先來問我的，我只需要說聲『好』，何樂不爲？她反駁道：『婚姻是件嚴肅的事。』我回答：『我不這麼覺得。』」

莫梭兩次拒絕對瑪莉說「愛她」，這也不是「一般人」會做的。在那樣的情境下，他應該扮演一個稱職的情人角色，應該對瑪莉說「我愛你」。而且「一般人」會理所當然將他和瑪莉的歡愛行爲，解釋爲「愛」的表現，這兩件事聯繫在一起，不應該分開。

同樣地，結婚和愛也不應該分開。答應結婚也就意味著愛那個人，這兩件事也是彼此緊密關係、互相牽制的意義。但莫梭卻硬是不讓這些行爲、現象按照一般的習慣連結起來，堅持它們是彼此分開、獨立的。

他也拒絕接受、順從一個熱戀情人的角色，以及這個角色帶來的行爲及解釋行爲的意義。

卡繆虛構了這個人，尤其是虛構了他那麼不現實、不一般的「現象學式」生命態度。

探索內在比記錄外表重要

《異鄉人》中卡繆繼承、動用了現代主義文學中的一項重要技法。那就是在喬哀斯[11]的《尤利西斯》、吳爾芙[12]的《燈塔行》等作品中展現得淋漓盡致的「意識流」寫法。《異鄉人》中，卡繆沒有將「意識流」表現得那麼極端，他基本上維持了個別句子句法的完整性，也沒有將個別現象任性地壓縮截斷，但一件事一件事個別單獨存在，不和前後鄰近的其他行爲、其他現象發生邏輯、意義關係的方式，和「意識流」確實是精神相通的。

《異鄉人》當然是一部現代小說。現代小說和傳統小說有什麼不同？現代小說發現並主張：探索人的內在比記錄人的外表行爲，更加重要，能夠獲得更豐富的成就。或者換個方向說：人的內在比人的外表要來得複雜多樣，而且我們對於內在的理解，遠遠不如對於外在的掌握。描述、記錄外在行爲，太簡單了。行爲不過就那麼幾種；行爲互動構成的人際關係，也不過就那麼幾種。然而若能超越外在表象，往心理底層挖掘，我們就會發現：同樣的行爲可能源自千千百百種不同的動機，類似的關係背後掩蔽掩飾著千千百百種不同的緊張與扭曲。

現代小說離不開這份對於人內在心理的好奇。傳統小說顯現世界、人際的外表；現代小說卻以對於這些外表現象的不耐煩、不信任作爲起點。

「意識流」是撥開表層，趨近人心理實像的一種工具。過去小說描述一個人的內在心理，給的都還是條理過後的結果。「他對今晚的課堂格外感到不耐煩，他想如果可以在此刻離開課堂，或許就有機會去到她家附近的站牌底下，等在那裡，等到她疲憊地加完班回來，她臉上會因而顯現出感動的笑容。」這是傳統式的內在心理描述，卻不是我們眞正的心理運作方式。眞正的心理，是好多不同訊息同時片段不連貫地發生。老師上課的聲音持續著，老師說的一句話讓你聯想到和上課內容完全不相干的事，有一份無法解釋的煩躁情緒持續刺激著，遠方馬路上突然一聲公車引擎啓動的響音讓你身體微微顫動，腦中彷彿看到她艱辛地走上公車階梯的身影，跳到她上次不知

---

11 喬哀斯（James Joyce，一八八二～一九四一），愛爾蘭作家、詩人，代表作包括《都柏林人》（*Dubliners*）、《尤利西斯》（*Ulysses*）等。

12 吳爾芙（Virginia Woolf，一八八二～一九四一），英國女作家，二十世紀最卓越的意識流小說家。她歷經兩次世界大戰，一直是倫敦文學界的核心人物。代表作包括《戴洛維夫人》（*Mrs. Dalloway*）、《燈塔行》（*To the Lighthouse*）、《自己的房間》（*A Room of One's Own*）等。

爲什麼一直握在手裡的一雙紅色手套，你意識到自己如此想念她……

傳統小說不眞實；看似凌亂無序，挑戰「正常」閱讀經驗的現代小說寫法，反而才更接近心理的眞實程序。人思考的主軸明明就是混亂的、跳躍的，「意識流」就是要捕捉混亂、跳躍意識還沒有被整理之前的原貌。意識的原始狀態，是在時間中滔滔流淌，不會中斷，也不能中斷的。意識的原貌，絕對不是有著邏輯結構的塊狀、立體建築物。

從意識到語言、文字，中間經過了「結構化」的程序。混亂的、跳躍的、流淌的被套上了固定的框架，變成了容易把握、容易比對、更容易套襲模仿的東西。「意識流」就是要跳過這些框架，回到「結構化」之前的狀態，回到之初的「流盪」。

卡繆也在如此的關懷精神下寫作。他也是要拆掉那阻止我們意識、理解、記錄原初眞實狀況的框架。所不同的，是他的重點與其說是捕捉原初的混亂、跳躍與流盪，不如說是彰顯那股、或那些逼迫我們遠離原初眞實的力量。他要找出方法來讓我們不只看到混亂、跳躍與流盪，更要看到那恐怖的、巨大的、難以抵擋、難以逃躲的框架。

《異鄉人》中呈現在我們眼前的，不是沒有經過整理、流盪不居的意識，而是經過了莫梭的整理，有了固態形狀的一個個事件，就像是一塊塊可拿來搭建房子的磚塊一樣。但就僅止於一個個散亂平放的磚塊，彼此之間沒有一套平面的秩序規則，更沒有要有效疊出什麼樣的立體結構來。

沒有柱子、沒有拱門、沒有圍牆、沒有房間、沒有門或窗，就是一塊塊堅持散放在那裡的磚塊。

揭開被遮掩的生命實況

現代主義的「意識流」小說中，記錄、呈現「意識流」，就是目的，讓讀者直接看到自己意識眞實運作的狀態。我們目瞪口呆地看著小說家藉由虛構，竟然能夠捕捉、展示我們自己無法查知、無從捕捉的意識實像，因而油然生出讚嘆、感佩的情緒。

在我們的生活中，「意識流」是具體的existence，卻缺乏主觀認知的presence。明明我們存在於每一個人的身體感受與大腦運作中，卻很少、很難被我們主觀察覺。明明我們的意識每秒都在快速流淌變動，但正因爲活在這樣的意識流中，意識很少、很難拉開距離檢視自身的流動型態。

有寫日記習慣的人，在睡覺前拿出日記本準備下筆，心中自問：「今天發生了哪些事呢？」或是星期一早上進辦公室，同事隨口問你：「週末過得怎麼樣？」不論是對自己或對別人，我們給了答案，但那答案必然是經過整理的，和原本的實況有著巨大差異。但我們很少、很難感覺到其中的差異，很自然地就用日記上所寫的，或對同事所說的，取代了原本的實況。

實況從來沒有那麼有條理有秩序。我們不自覺地將實況濃縮、簡化、賦予條理與秩序，在過程中也就徹底遺忘、拋棄了實況，尤其是實況裡原本在你腦中千迴百折、跳躍混亂的「意識」。你只會在日記中說去了KTV，稍微詳細些記下唱了哪些歌，再詳細些描述唱哪一首歌時讓你想起了前男友。然而（不過就幾小時前）聽歌唱歌時，你的意識不可能如此停留，意識不斷亂閃亂跳，聽一首歌唱一首歌的幾分鐘內，意識已經閃過了幾十個畫面，但你只把前男友這一段固定留下來，其他的都放掉，不只是放掉，而且還是徹底遺忘了其實伴隨著前男友的回憶，還有那麼多的其他跳動意識。

過程中沒有任何檢查、任何強迫，就是出於你自主決定如此篩選、如此整理，所以你不會察覺到中間的差別。你沒有為了因應怎樣的標準、也沒有為了討好誰而修改自己的經驗，你就不會警覺自己所記所整理的，和原本現實不是同一回事。

你的記憶記錄，其實必然攙雜了許多複雜的價值判斷。判斷什麼該留在記憶記錄中，什麼可以、應該「拋在腦後」。幾乎總是被「拋在腦後」的，就是那些無秩序、無組織、倏忽而來悄然而去、沒頭沒尾的片段意識。昨天晚上你搭了捷運去KTV，從善導寺站搭到忠孝復興站，這段過程沒有寫在日記裡，也不會出現在你跟同事的對話中，那三分多鐘的時間，你覺得什麼事都沒發生。但實質絕對不然，你把手機放進袋中，又拿出來，點開Candy Crush，發現停留在你很討厭一直過不了的第兩百零一關，就不想玩了，換點開FB，跳到眼前的第一則偏偏是上星期又哄又騙叫你把錢借給他的老弟，於是你收了手機，發呆，你以為的發呆狀態中，眼睛看到車廂裡的其他人、牆上的廣告、忠孝新生站興建中的月台門，其實你心底閃過了幾十個、幾百個念頭。

不，不可能什麼事都沒發生，只是你後來決定不承認、不接受、不保留這幾十個、幾百個念頭。

現代小說，尤其是「意識流」手法，把這樣的existence轉變為presence。把那幾十個、幾百個念頭存在的事實恢復、還原，改變了意識「在又不在」的狀態——出現、存在、又立即被排除、拒絕、徹底遺忘。既然人大部分時間都活在這樣的意識流盪過程中，幾十個、幾百個念頭來了又去，那麼將這部分從人生中排除之後得到的認知、理解，不會有問題嗎？

《尤利西斯》是部劃時代的經典巨作，因爲喬哀斯如此精巧、耐心地以幾十萬字篇幅記錄主角布盧姆單一一天的生活。他還原了布盧姆的意識狀態原貌，呈現整理之前的人的生活現實。其實，我們每個人的一天，不也都是如此繁雜厚重到自己無法理解、無法承擔嗎？

從意識、意識流的角度看，課堂上的老師與學生處在不同的時間中。做爲老師，我必須專注於授課內容，我的意識被這單一一件困難的事占據了，無法任意奔馳，這一、兩個小時，我以一種比較接近物理線性時間的方式活著，心無旁騖地活著。但我的學生，雖然和我處在同一個空間，表面看來也和我做著同一件事，但他們的意識不可能跟我一樣專注，每個人心中隨時閃動著上天下地的意識念頭，別說老師，就連學生自己都無從掌握、控制，那裡時間是錯雜的，過去現在未來重疊互激，具體抽象現實想像無法分類地混同在一起。

一天當中，人有多少時間專注於單一事情？又有多少時間意識發散竄流？後者當然要比前者多得多了！

《尤利西斯》和其他意識流小說，是啓發、啓示，藉由小說的虛構揭開我們的日常虛構，看見底下通常被遮掩起來的生命實況。

第六章　荒謬的審判

「全是太陽惹的禍」

卡繆藉由《異鄉人》的虛構，不只要揭示意識不連續、非結構的事實，他還要碰觸「荒謬」。

在這裡，「荒謬」不是一個日常用詞，而代表了一個「存在」的哲學觀念，我們要小心抗拒別太快太直接對「荒謬」一詞望文生義來理解卡繆與《異鄉人》。

有一種連結《異鄉人》和「荒謬」的方式，是主張：莫梭莫名其妙地殺了人，這件事是荒謬的。在沙灘上、在陽光底下，除了沙灘和陽光之外沒有其他理由就殺了人。連殺人這麼重大的事都如此莫名其妙，當然很荒謬。

這個說法有兩個問題，第一是不見得經得起小說內容本身的檢驗；第二是無法適當地擺放進卡繆的「荒謬哲學」裡。

小說裡殺人這件事，並沒有眞的那麼突兀、那麼荒唐。第一部結尾處，卡繆用很長的一段讓莫梭告訴我們當時發生的事：

「他一看到我，微微挺起身子，手伸進口袋裡。我的直覺反應當然是抓住外套口袋裡雷蒙的手槍。他見狀又再一次往後退，手還是插在口袋裡。我距離他很遠，大約十幾公尺。偶然間我會從他半閉的眼皮下窺見他的目光，不過多數時候是熱浪中他的身影在我眼前跳舞。比起中午時分，浪潮聲更加慵懶平緩。白晝在岩漿一般的大海中拋錨，經過整整兩個鐘頭，沒有一點變換的動靜；一樣的烈日，一樣的光線，照在延伸到這裡的同一片沙灘上。海天交界處，一艘小汽船經過，我是從眼角看到的小黑點猜測的，因爲我得一直盯著阿拉伯人。我想過只要轉身往回走，事情就會畫上句點，可是身後熱氣沸騰的海灘讓我舉步維艱。我朝水流的方向移動了幾步。阿拉伯人沒有動作。他離我還是很遠，也許是臉上陰影的緣故，他看起來好像在笑。我駐足等待。猛烈的陽光攻占我的雙頰，汗珠在我的眼眉凝聚。這跟媽媽葬禮那天是同樣的太陽，就像那天，我的額頭難受得緊，血管群起急速跳動，就像要爆裂開來。由於無法再忍受這股燥熱，我往前邁出一步。我知道這很愚蠢，走一步路不可能擺脫無所不在的陽光，但我還是跨了出去。這一次，阿拉伯人馬上亮出刀子。太陽光濺在刀片上，反射出細長的光刃，抵住我的前額。於此同時，集結在我眉毛上的汗珠終於跌下，變成溫熱鹹濕的水簾覆蓋在眼皮上。一時間我什麼都看不見，只有太陽依然在我的額頭上敲鑼打鼓；朦朧中，隱約可見閃亮的刀刃還在我面前晃盪，啃蝕我的睫毛，鑽進我疼痛的雙眼。從這時起，世界全變了調。自大海湧來厚重熾熱的灼風，整片天空從中綻開，降下火雨。我全身僵硬，握槍的手猛地一縮緊，扣了扳機，手指碰到了光滑的槍柄。在這聲乾澀、震耳欲聾的槍響中，一切急轉直下。我搖頭甩開汗水和揮之不去的烈焰，發覺自己毀掉了這一天的完美，毀掉了沙灘上的平靜安詳和我曾經在此擁有的快樂。於是，我又朝那躺在地上毫無動靜的軀體連續開了四槍，子彈深陷入體，不見蹤跡。這四槍彷彿短促的叩門聲，讓我親手敲開了通往厄運的大門。」

從這一長段文字中，我們得到了足夠的訊息，不只是理解殺人事件如何、爲何發生，也能理解爲什麼後來在法庭上，被要求說明犯罪動機時，莫梭會回答：「全是太陽惹的禍。」

他處於睡眠不足的昏暈狀態中，無法如常如實地感知並回應周遭現象，訊息是以扭曲、或忽略或誇大的情況，進入他的感官。陽光被誇大了，一部分是因爲陽光讓他聯想起母親下葬那天，聯想起母親之死，連帶喚起了他努力壓抑卻無法徹底壓抑遺忘的負面情緒。阿拉伯人的威脅也被誇大了。他失去了如何能從這個緊張局面中安全脫身的判斷能力，拿著槍，衝動地扣下了扳機。那一瞬間，正常意識恢復了一下，他知覺自己犯下的錯誤，感到懊惱與挫折；再下一瞬間，懊惱與挫折轉成另一份無名的衝動，發洩在對阿拉伯人身體再開四槍的行爲上。

這一段描述，不難理解，也並不荒謬。

無所不在的審判

卡繆要凸顯、討論的「荒謬」，不在殺人這件事，而在審判；尤其是人們如何透過審判得到自以爲是的答案，來解釋莫梭的犯罪行爲，來固定這樁殺人事件的意義。

小說內容進行到一半，就發生了殺人事件。後面第二部，談的都是審判。而且審判甚至早於殺人就開始了。

早在莫梭到了養老院爲母親守靈時，他坐在太平間裡，打了個盹，「一陣窸窣聲把我吵醒……媽媽的朋友們是這時候進來的，一行總共十幾個人沉默步入這令人目眩的燈光中。他們靜悄悄坐下，沒有一張椅子發出聲響。我仔細地打量每個人，不放過任何臉部或衣著的細節，然而這群人的靜謐卻讓我感覺不到他們存在的眞實……他們坐妥後，紛紛朝我拘謹地點點頭。由於這些人雙唇陷進沒有牙齒的嘴巴裡，我分不清楚他們是在跟我打招呼，還是無意識地咂嘴。應該是打招呼吧。我發現他們全部圍繞著門房坐在我對面，微微地搖頭晃腦。霎時間我心中一股荒謬的感覺油然而生，彷彿他們是來審判我的。」

事後證明，莫梭的感覺是對的。法院開庭審理莫梭殺人案件，最先傳喚的證人，就是養老院院長、門房、當時和莫梭一起守靈的人。他們不只參與了對莫梭的審判，而且憑藉的就是他們和莫梭相處那一點時間中所形成的看法。

他們是在審判他，莫梭的「荒謬的感覺」沒有錯。「荒謬」的，是他無法理解、無法接受他們爲什麼、又憑什麼在第一次見到他時就審判他。

但這也是莫梭生命悲劇的來源。養老院的人並不是什麼妖魔鬼怪，他們也沒有特別刻薄惡劣，他們不過就是「一般人」，反映出「一般人」的日常行爲模式，隨時在用自己的價値觀念評斷、審判周遭遇到的人與事，形成極度主觀，又總自認爲正確、客觀，可以在法庭上宣誓說出的意見。

「荒謬」在於，法庭的審判不過就是建立在這種意見的基礎上。由這些從守靈夜到葬禮短短時間中和莫梭相處的人，來決定莫梭究竟是一個什麼樣的人，他出於怎樣的動機殺人，並相應該受怎樣的懲罰。一群偶然相遇、莫梭直覺認爲沒有理由、沒有資格評斷、審判他的人，「荒謬」地握有了決定莫梭命運的權力。

小說表面上的次序是短短幾天時間中，從母親去世開始，一連串的事件發生在莫梭身上，雖然莫梭用個別、獨立的方式記錄這些事件經驗，但我們還是可以感覺到事件與事件間彼此激盪、強化的效果，激盪到一個極端，發生了海灘上開槍殺人的罪行。因爲莫梭殺了人，所以之後他必須接受審判。

但仔細看《異鄉人》內文，卡繆給了我們另一種時間次序。審判其實早於罪行。殺人罪行不過是讓本來就在進行中的審判表面化的原因。無法按照「一般」的規範、期待做人做事，莫梭早就已經受著周圍「一般人」潛藏的審判，他們早就在形成、也形成了對他這個人的確定看法，他們並不是針對殺人案件來評判莫梭，而是將他們對莫梭既有的審判意見方便地套用來解釋殺人事件。

本來，莫梭殺人的行爲應該是審判的重點。但在審判過程中被選擇作爲重點的，卻是莫梭和他媽媽的關係，他在媽媽葬禮中的表現，媽媽葬禮之後他和女友瑪莉的互動。這是殺人之前的事。另一個重點是他爲什麼要在射殺了阿拉伯人之後，朝著那已經倒下的軀體又開了四槍，這是殺人之後的事。殺人之前和殺人之後，而非殺人事件本身，占據了審判所有的時間。審判中偏偏就沒討論、不討論莫梭開的第一槍，事實上殺了人的那一槍。

審判者有興趣的，不是殺人行爲，而是決定殺人者究竟是一個什麼樣的人。因爲殺人案件所以有審判，表面上是爲了確認莫梭殺了人，並確認他殺人的動機，但實質上，審判時眞正的殺人行爲與動機被忽略擺到一旁，審判者忙於證明、忙於說服自己的不再是莫梭的惡行，而是莫梭就是個惡人，一個心懷惡意的壞人。

「在精神上殺害母親的人」

「開庭的第一天，同樣是個陽光普照的好天氣。我的律師向我保證，辯論的過程不會超過兩或三天。『而且，』他繼續道：『您的案子不是這個庭期最重要的，緊接著後頭還有一件弒父案，所以法庭會盡量速戰速決。』」

弒父案比殺了阿拉伯人的案子要來得嚴重，來得受到矚目。的確，莫梭遇到了一位微笑跟他說話的記者，「他又接著說：『您知道的，我們爲您的案子增加了篇幅。夏天是報業的淡季，最近只有您和弒父案比較值得報導。』他說完指著他坐的媒體區，有個矮小男子長得像養胖的鼬鼠，戴著一副又大又圓的黑框眼鏡。他說那人是巴黎某報社特派員：『他其實不是專程爲您而來，不過既然他得負責弒父案的報導，報社那邊便要求他一併處理。』聽完，我又差點想謝謝他，還好及時想起那會有多荒謬。」

連莫梭自己都差點陷入這樣的評斷：弒父案比單純只殺了一個阿拉伯人要來得轟動、重要，弒父案連帶地將莫梭案子的重要性抬高了，巴黎的特派員都來報導他的案子。順著這個評斷下去，合理的期待不就是：要是莫梭犯的也是那麼重要的弒父案就好了！

這樣的評斷，沒有想像中的荒謬。小說接著就鮮活地描述了在法庭上，檢察官如何應和大家的期待，將一樁殺死阿拉伯人的案子，改造成和弒父案地位近乎相當的弒母案了。

殺阿拉伯人不夠刺激，就讓我們改而審判他殺死媽媽的罪吧！莫梭的律師抗議：「『請問，被告犯的罪究竟是殺人，還是埋葬了自己的母親？』庭內響起一陣笑聲。可是檢察官再次站了起來，披上袍子說可敬的辯方律師應該是過於天眞，因而未能察覺到兩者之間有著深刻、令人悲嘆和本質上的重大關聯。『沒錯，』他熱烈地喊道：『我控訴這個男人帶著一顆罪犯的心埋葬了母親。』這個結論似乎對法庭裡的群眾起了不同凡響的作用。我的律師無奈地聳聳肩，拭去額頭上的汗水。但他臉上之前的樂觀已不復存在，我明白對我而言大勢已去。」

檢察官的結論爲什麼有那麼大的作用？因爲法庭裡的群眾比較喜歡這個答案，甚至說他們期待這樣的答案，不管這答案是否與殺人事實有關。

在最後結辯時，檢察官再度回到這個主題：「……他接著談到我對待媽媽的態度，並重申他在詰問時表達過的觀點，但這次花的時間比起分析我的犯行時長了許多……檢察官忽然稍作停頓……他沉默片刻後，以低沉、渾厚的聲音說道：『各位陪審員，明天在這同一個法庭上即將審理的，是千夫所指的重罪：謀殺親父。』……然而他……必須承認，弒父罪令他感到的醜惡與可憎，幾乎比不上我的無動於衷所帶給他的震撼。他說，一個在精神上殺害母親的人，和雙手染上至親鮮血的人，一樣為社會所不容，因為前者種的因可能導致後者結的果。」

「在精神上殺害母親的人」，成了莫梭真正被審判的罪名，而且這樁罪的嚴重程度超過了弒父罪。檢察官提高聲音主張：莫梭甚至應該要為明天進行審理的弒父罪負責！

審判的轉型到此徹底完成了。受審判的，不是莫梭的殺人行為，而是他的冷漠態度，他應該為自己對媽媽的冷淡冷落，對不願依照一般慣例表現激動、反悔而付出最高的代價。

本末倒置的審判

如果莫梭沒有殺人，他就不會、不需受審。在意義上，這是對的，如果不是在沙灘上開槍殺了阿拉伯人，當然不會有法庭上的這一幕。不過換另一個角度看，不管莫梭有沒有殺人，審判一直都在那裡。只要他表現了和別人預期不同的行爲，甚至只要他沒有表現出別人預期中的行爲或情緒反應，那龐大、殘酷的審判就冷冷地在黑暗中發動了。

審判是荒謬的。

審判有第一層的本末倒置，本來該審判殺人行爲的，後來卻轉而審判殺人者的人格，或用書裡莫梭自己的話說：審判在「探討我的靈魂」。他的靈魂，而非他的行爲，被擺在法庭上受審。

還有第二層本末倒置。莫梭本來是審判的主角，審判之所以發生的理由，但審判進行到後來，審判完全在擺脫他介入的情況下進行。「有件事隱約地讓我感到爲難。即便是專注於案情的狀況下，有時我會有股想加入表達意見的衝動，律師總是告訴我：『別說話，那對您的案子沒有好處。』某種程度上，他們像是把我排除在外進行訴訟。所有的過程都沒有我參與的餘地。」

更戲劇性的是辯護律師在結辯時直接用「我」代替莫梭發言，開頭就說：「的確，我殺了人。」莫梭嚇了一大跳。「我認爲這種行爲是再一次將我排除在我的案件之外，把我的存在降爲零，還有從某種層面上，取代我的地位。」

對莫梭的審判，卻和他無關。

於是莫梭正式成了審判的藉口，審判因他的行爲而產生，卻離開了他的行爲、離開了他整個人，變成另外一種東西。在小說中，我們眼睜睜看到了這場審判的「異化」，原先的手段喧賓奪主成了目的。

審判不再是爲了弄清楚莫梭做了什麼，該得到怎樣的懲罰；審判取得了自身的生命，爲了能有更好看、更激動人心的審判，而去塑造了一個跟弒父罪凶手同等可惡的莫梭。那個被審判的莫梭，變得和實際上的莫梭無關了。

審判過程中浮現出了一個罪人，也有了對於他罪行的描述與解釋。但那是法庭成功紮出來的稻草人，不再有人認眞在意莫梭是怎樣的人，眞正出於怎樣的動機做了怎樣的事。罪行的懲罰，罰在莫梭身上，但莫梭卻簡直不認識法庭上審判定罪的那個人！

審判開始時，莫梭是法庭上的受審者；然而到審判結束時，他的身分分裂了，有了另外一個審判過程中幽魂般浮現的罪犯，所有人都把它稱為莫梭，但明明那就不是莫梭。莫梭無法處理這種分裂，不知該如何解釋自己不是檢察官、律師、法官、記者、旁觀者認定的那個被告。他試圖說出自己殺人之際的眞實感覺，關於那又亮又熱的太陽，但聽在其他人耳中，卻正坐實了他冷血無情的人格形貌。

由「不誠實」的人組成的社會

卡繆寫莫梭、寫審判，不是為了暴露司法不公，不是為了給一個冤獄的案例。他要說的是更普遍、更切身的存在境遇。不是每個人都會殺人，都會面對嚴厲的法庭審判，但我們每個人隨時都受著類似的社會評斷與審判。還有，更普遍的，我們每個人也都隨時扮演著那樣獨斷、固執、橫霸的審判者角色。

卡繆沒有要把莫梭寫成一個受迫害的犧牲者，更沒有要把他寫成英雄。莫梭的重點在於示範了人們依賴串連各種意義來生活所帶來的災難。莫梭的災難就來自一般人無法「誠實」生活的習慣。人不願費力氣去如實認知、認識一個個經驗、一件件事，習慣於偷懶將前面後面許多不同的現象套進一個方便的意義結構裡，拿現成的結構來取代紛紜現象。

他們不會耐心去知道莫梭和他媽媽的關係，守靈時與葬禮時他在想什麼。他們不會獨立地去看莫梭和瑪莉的關係，也不想了解莫梭對待瑪莉的眞實方式。如果是別人，會早早內化學會這套方便的意義結構，也就能預期別人看待他、評斷他的眼光。莫梭最大的特質在於他缺乏如此的內化能力，他無法預防別人加諸災難評斷在他身上。

原本錯亂的現象，不斷被整理出方便、令人可以偷懶心安的秩序來。於是，人們不只以整理出的秩序取代了錯亂現象，遺忘遺棄了錯亂現象，還理所當然誤認人爲的秩序代表某種恆常不變的本質。

透過本質來方便地接觸、簡化、掌握生活與周遭世界，人們進而認定了本質才是眞正重要、最重要的。偷懶方便的簡寫、縮寫反而被抬高爲比眞實現象、行爲、事蹟的地位還高。

我們沒有耐心、可能也沒有能力去一一認識五個人，就找了一種方便的捷徑，把他們一併歸類爲「牡羊座男生」，突然間，我們覺得對五個人都認識、都了解了；進而我們就接受、相信：「牡羊座男生」這個統納的概念，比他們五個人任何一個都重要，因爲他們五個人加起來才等於「牡羊座男生」，而且「牡羊座男生」還可以用來包含更多更多的人。

以「牡羊座男生」的「本質」回頭看這五個人，很自然地，他們身上符合「牡羊座男生」成分的，被彰顯出來、保留下來；不符合的，就被驅逐、被排除、被視爲是無關緊要、不需考慮的。

用「本質」式的方法理解世界、和世界發生關係，不好嗎？或換個問法：難道我們有辦法不用「本質」式的方法來理解世界、掌握世界；難道我們要一一去面對所有不同的人、不同的行爲、不同的現象？哪來那麼多的工夫！

《異鄉人》中藉由莫梭的處境、遭遇，卡繆就試圖建構一個否定的答案——不，不好，用「本質」式的方法理解世界、和世界發生關係，很不對勁、很不好，莫梭就掉入了由「不誠實」的人組成的社會裡。這裡的人不在意眞實，只在意找到「本質」作爲答案。這樁罪行的「本質」是什麼？這個犯人的「本質」是什麼？整個審判是尋找「本質」答案的過程，不只偏離了事實，而且索性和事實徹底無關。

審判最終變成了一場大共謀。

找到了大家習慣、能接受的「本質」答案，大家就用那個「本質」概念來進行審判，將眞實的人、眞實的罪行、眞實的動機擺到一邊去。他是個本質邪惡的人，心中沒有任何一點道德與親情的約束，犯下了一樁絕對邪惡的謀殺案，這個答案比莫梭能給的現實解釋，更方便一般人領受、反應這個事件，於是就被建立爲最終的、不容懷疑的審判結果。

我們討厭、我們害怕不相干的事。不相干就得個別一一費力去接觸。爲了省力，我們寧可拉來一些意義、一些結構，把原本不相干的事聯繫起來、綁起來，這樣就不需要手忙腳亂捧著一顆顆粽子，可以線頭一拉，整串粽子就同時都拉起來了。

莫梭生命中一個個本來不相干的事，在法庭上被綁成了一串粽子。檢察官輕輕鬆鬆拉起這串粽子展示給大家看，沒有人在意看到一顆一顆的粽子，每個人都會意點頭說：「哇，果然是一大串粽子啊！除了一大串粽子之外，還能是什麼呢？」要是有人不識相想提醒他們那是許多顆粽子、一顆顆粽子，他們還會憤慨、鄙視地反應：「怎麼可能有人連一大串粽子都看不到、看不出來？」

把媽媽送到養老院去，恨不得希望媽媽趕快死，連媽媽最後一面都不願意見，守靈夜竟然還睡著，別人拿給他咖啡牛奶他也喝，葬禮之後第二天就帶女朋友去看電影，選擇看的電影竟然還是喜劇片，交的朋友是皮條客，還幫皮條客打女人……這樣羅列下來，怎麼可能有人看不出來這是個冷血、沒有靈魂的殺人犯呢？

第七章　「存在先於本質」

沙特的虛無理論

《異鄉人》的第一部和第二部，形成明顯的對照。

第一部是由莫梭主觀、個別一樁一樁地描述記錄那幾天所發生的事。他開槍殺人時，在他主觀中沒有意識到這件事會和那麼多其他現象、其他事發生關係。他「誠實」地感知、記錄了他的生活。但進入第二部，因爲殺人事件，他的生活被擺放在「不誠實」的人群面前，被他們用偷懶、方便的方式編組成一個立即、簡單可以掌握的意義答案。

藉著對比，卡繆進一步探究「誠實」，或說從《薛西弗斯的神話》進一步嘗試回答：「人爲什麼要『誠實』活著？」由《異鄉人》的虛構情節中，我們具體且尖刻地感受到一大群「不誠實」的人所組成的社會，那麼「荒謬」，而且那麼恐怖。

恐怖場面不是出於邪惡，單純只是人們（我們）習慣於依賴現實中原本並不存在的意義，以之取代事實。我們無法面對死亡，於是就一定要創造一個上帝來保證死亡不是絕對的。將不方便承認的事實編組進一個比較方便、比較容易接受的架構裡；不然就更粗暴地直接將事實拿掉。

用沙特的說法，那是人不斷創造藉口，以人造的意義，而不是事實來組構Being——存在的內容。因而Being的形成過程中，就牽涉到虛無。虛無是存在內容的必然成分，因爲是靠著否定、逃避事實，也就是靠著虛無，人才有能力、才有勇氣給予自己能接受的存在內容。弔詭地，Being不是有，不是實在的存有，反而是虛無，累積了衆多否定、逃避才產生的虛空。

沙特用哲學語言所解釋的，卡繆用小說虛構來呈現。小說中將莫梭投擲到一種終極情境中，以便讓我們震撼知覺：原來我們活在一個無止境的審判狀態中，審判別人，同時也被別人審判。

不過沙特的哲學比卡繆小說所表現的，更徹底也更激進。沙特主張，人的原初狀態，就是一連串獨立、片段的意識，沒有意義、無從解釋解讀的一團意識，才是人的原型，也才是嚴格定義下的眞實。Being，存在，起自於人開始整理這些意識，也就是開始以虛無取代眞實。存在的追求與建立，只能在扭曲、排除、否定原初眞實意識的條件下進行。我們必須將一團混沌、迷離的意識分類整理爲至少兩大塊——一塊是「自我」，另一塊是「外在世界」，進而發展「自我」與「外在世界」，但如此一來，原本「自我」與「外在世界」混合不分的那種直接意識就被消滅了。

原初眞實中，沒有「主」、「客」之分。意識直接對應刺激，沒有條理、沒有秩序，也沒有組織。神經元在一天的時間中接受了一億五千八百萬個刺激，這些刺激產生的反應意識，就是「我」的全部。但這樣的「我」是個鬆散的意識集合，沒有組織、沒有結構，也就沒有對應外界「客體」的「主體」性質。與此同時，世界也不過就是那一億五千八百萬個刺激的集合通稱，其中沒有組織、沒有結構，沒有任何一億五千八百萬個刺激之外的整理附加，於是也同樣沒有對應「主體」的「客體」性質。

「自我」開始於區別、分類、揀選、組織這一億五千八百萬個刺激與反應。區別、分類、揀選、組織「自我」時，人也就必然同時區別、分類、揀選、組織了「外在世界」。這是同一道程序的一體兩面。整合完了，就出現一個「主體」，世界則是「主體」領受感知的「客體」。組構之前的意識原型，沙特稱之爲being-in-itself；組構之後的產物，則是being-for-itself。

Being-for-itself以being-in-itself爲材料，予以加工重組。也就是being-in-itself要被取消，化爲虛無，being-for-itself才會浮現出來。必須將being-in-itself化爲nothing，才能從nothingness中產生being-for-itself。

迷幻藥與「存在主義」

帶入沙特《存在與虛無》書中的哲學概念，我們可以進一步分析《異鄉人》。莫梭原來用一種接近being-in-itself的方式活著。小說的第一部顯現出一種類似、趨近being-in-itself的直接與混亂。然而這種直接、混亂無法見容於「一般人」的環境裡，於是到了第二部，莫梭的經驗就以法庭審判的戲劇性形式重新整理整頓爲being-for-itself。

從第一部到第二部，眞實、具體經驗著的那個莫梭被「虛無化」，被從審判中浮顯出的另一個莫梭消滅取代了。進而審判整理出來的不眞實的莫梭，又被決定不適合生存在這個創造他的社會裡，於是殘剩的莫梭隨而也被處死化爲烏有了。

從nothing到nothingness，審判打造出的那個莫梭，沒有眞實內容，是一片空無。這樣的空無卻荒謬地進一步取消空無的來源，取消了那個眞實活著、眞實意識著與經驗著的莫梭。

卡繆和沙特同屬的「存在主義」就是要反對、逆轉這種「虛無」。他們反對認定：成套有結構有組織的二手意義，應該高於零碎、散亂、獨立、特殊的一手意識與經驗。他們主張：愈是還沒有被整合為系統，或無法被整合為意義的意識與經驗，反而愈可貴。愈是無法被「一般人」審判的人，反而愈「真實」、愈重要。

六〇年代，「存在主義」席捲西方，成為青年次文化的中心指導原則，而在這波青年次文化中，大麻、迷幻藥、搖滾樂、性愛是其中關鍵的表徵。「存在主義」與大麻、迷幻藥、搖滾樂、性愛並列出現，絕非偶然。大麻、迷幻藥、搖滾樂、性愛都有助於打破意識的鏈結，把人送回到一種意識混亂的狀態中，接近於「存在主義」所標舉的人的原初原型。大麻、迷幻藥、搖滾樂、性愛都把人從理性的意義秩序中拔舉出來，帶到另一種如同失重般的狀態裡。

這中間，迷幻藥尤其重要。迷幻藥不只打破了原來的意識秩序，而且還會讓人聽到平常聽不到的細膩音樂、看到平常看不到的瑰麗美景，也會讓人唱出平常唱不出的好聽的歌，寫出平常寫不出來的精采的詩。受到迷幻藥影響的那個人，還是原來的那個人嗎？我們不能否認他是，因為他以原本的外型保留原有的記憶活在我們眼前；但我們也不能單純地承認他是，因為他明明擁有並展示了本來那個人所不具備的感官與表現能力。如果他就是本來那個人，他怎麼會突然飛躍式地拔高了他的創造力呢？當他沒有吃迷幻藥之前，這些能力又被藏在什麼地方？為什麼會被藏起來呢？

迷幻藥挑戰、改變了對於「自我」的理解。最簡單，也最容易被接受的說法是：迷幻藥讓人意亂情迷，鬆動了井然的意義秩序，把人帶回原初意識狀態，因而釋放了人內在眞實的本能，那被長期壓抑在秩序下無從發揮出來的可憐本能。

換句話說，迷幻藥具體證明：人的潛在本能高過於現實表現。有秩序、有意義的生活明顯有害我們發揮更高、更強大的本能。迷幻藥讓你雖然還是原來那個人，卻轉眼間就變得不像你，比原來的你迷幻、混亂，卻也比原來的你厲害。原來的你、有秩序的你，不是你的全部，而且還不是你最好的那部分。如果「披頭四」最驚人也最迷人的歌是在迷幻藥影響下才寫得出來、唱得出來，那我們沒有理由不相信，如果讓我們進入迷幻的無序、另類樣態中，我們不會做出更了不起的事，做出更棒的作品來。

迷幻藥和「存在主義」概念加在一起，那就是迷幻藥的效果在於讓我擺脫原本規定、桎梏我的「本質」，回到「本質」之前的「存在」實相。

回到「本質」之前的「存在」實相

我們如何理解、如何形容、如何描述一個人？不管這個人是自己、是好友，還是電視上出現的明星或政客，我們一旦開始進行理解、形容、描述，就必然掉入「本質」的框架裡。事實上，用「好友」、「明星」、「政客」都已經帶著濃厚的「本質」氣味，顯示一個有著多種身分、多層面向、繁複經驗的人，用「好友」、「明星」、「政客」等框架框了起來，把他們的身分、面向、經驗，化約、整合在這樣的「本質」裡。

這是人類經驗近乎宿命的限制，甚至是陷阱。針對一個人，我們說他當老師的時候如何如何、當電台主持人時又如何如何、做一個父親時又如何如何——早上面對女兒時如何如何，假日和女兒相處時又變成如何如何……用這種方式理解、形容、描述一個人，別人大概就聽不懂了。聽你說了一大串，他很可能還是對這個人感覺模糊陌生，也就是說，你的描述沒有效果，等於是白講了。要等到你換一種方式說：「他就是個凶悍的老師，對人對事都用一種隨時準備教導人的態度，要人家聽他說教的方式來處理。」喔，別人聽懂了、記得了。

一種是「非本質式」的描述，一種是接近「本質式」的描述。比較之下，我們就明白「本質式」的理解、形容，不可或缺，也無法逃躲。「非本質式」的零碎片段描述，和我們認定的「知道」、「認識」有很大的差距，沒有將這些零碎片段組織整合起來，我們就不敢說、不能說我們「知道」這個人、「認識」這個人。

於是在這裡有一個人，你「知道」、「認識」他十年了，也就意味著對他你早已形成了一套有系統、可以簡單掌握的「本質式」理解。然而他吃下了迷幻藥，突然在你眼前「變成了另一個人」。

不，問題就在他沒有眞正「變成另一個人」。他還是他，但他的行爲、他的言談，乃至於他的能力，乖離、超越了你心中的那套「本質式」認知。這對你形成了巨大的困惑與刺激。

他眞的「變成另一個人」，都不會讓你那麼驚訝、那麼困惑，因爲一個奇怪、討人厭的問題撲面而來：「他還是那個他嗎？是還不是我『認識』了十年的那個人？如果是，那他爲什麼會變這樣？如果不是，他爲什麼外表維持著和原先一模一樣？」

看來，你只有一個選擇——放棄既有的「本質」，接收、記錄他所表現出來的現實；因而承認了：原先的「本質」不足以包納、不足以規定他在吃了迷幻藥之後所顯現的「存在」。

「存在」大於「本質」，更重要的——「存在先於本質」。在那個年代，迷幻藥是「存在主義」的絕佳幫手，很多人都是在吃了迷幻藥，或看到迷幻藥作用在熟識者身上，而快速接受了「存在主義」最響亮的口號，也是「存在主義」原本最難理解的核心主張——「存在先於本質」。

迷幻藥不是拿一套不一樣的「本質」來取代舊的、既有的。迷幻經驗之所以稱爲「迷幻」，就是因爲它是破碎、凌亂、無序的，連最根本的時間、空間架構都無法規範。時間跳躍、可以朝前向後改變方向，空間呈現出類似非歐幾何般的扭曲挪動。的確就是在這種迷幻中，人才爆發出非常的感官敏銳與突破能力。無秩序比秩序更具創造力。

五〇年代以降，西方的文學藝術其中帶有高度實驗性的一支，卡繆和沙特的作品都在其中，就是在不斷嘗試人究竟可以無秩序到怎樣的程度。人對於無秩序的忍耐程度有極限嗎？人又能夠對抗秩序到如何的地步呢？

重視個人，遠超過集體

《異鄉人》是「存在先於本質」概念的一份範本。

人先有做爲人的經驗，而不是先準備好了「本質」，規定、範限他該做一個什麼樣的人。「存在先於本質」的「先」，不是時間概念的先後，而是本體意義上的先後。

不是哪個先有，這個和那個相隔幾秒鐘或幾分鐘，不是這樣的分別。是邏輯上，「存在」是基底、是原生的；「本質」只能是在基底本體上的一種衍生物。「存在」是第一序，「本質」是只能依附「存在」的第二序產物。

這和傳統西方哲學的本體論主張剛好相反。從柏拉圖的「理型論」開始，就形成了「本質先於存在」的論點。先有「馬的概念」，或「馬的理型」，才有一匹匹具體的馬。每一匹馬都是「馬的理型」不完美的抄本、複製。我們無法透過任何一匹具體的馬來認識「馬」這樣東西，因為具體的這匹馬的顏色、高矮、體型、毛路、能力……不足以代表所有的「馬」。要認識「馬」，我們必須由具體的馬向前推衍，推到一個抽象的「馬的概念」、「馬的原型」，可以包納所有不同顏色、高矮、體型、毛路、能力……不受限於任何具體顏色、高矮、體型、毛路、能力等條件的「馬」，才是真正的「馬」。

「存在主義」卻主張：馬先是一匹匹個別的馬，我們對馬的任何共通性質的描述，來自於對個別馬匹的觀察整理。傳統的看法認為，長長、帶有鬃毛的脖子，是馬的一種特質，決定了馬之為馬的外型，所以有沒有長長、帶鬃毛的脖子，就成為我們對馬的關注焦點。但「存在主義」卻認為，馬真正重要的，是這匹馬有八十公分的脖子，另一匹有八十三公分，再一匹的鬃毛有二十五公分，還有一匹鬃毛則是二十一公分……從本質認定的角度，我們只看到這些馬共同的長長、帶鬃毛的脖子，忽視否定了牠們的個別性、個別存在，這是對馬的錯誤認識，我們應該先還原每匹馬不同的差異性，再來討論牠們可能的統計相似之處。

所以，「存在主義」重視個人、個體，遠超過集體。「存在主義」要從本體論、認識論的基礎上肯定個體、肯定差異，拒絕讓集體共同性壓抑、否定個別差異。把個體集合在一起，找出他們之間的共通性，如此形成的「本質」，是虛無、虛幻的，是將眞實具體否定、空洞化了之後才產生的虛假，其特色是空無、虛無——沒有任何一匹馬等於「馬的本質」，我們也找不到任何一個人以「人的本質」活著。

「存在主義」一而再、再而三提醒、警告的，就是在我們的社會中，以「本質」來壓抑、否定、取消眞實「存在」的事，持續在發生。人類文明架構的這種習慣，我們不能、不應該繼續視之爲理所當然。

我們要將《異鄉人》中莫梭所經歷的審判，還原其人造、虛妄、虛無的面貌。這是小說隱含的哲學評斷與行動寓意。

拒絕希望的喜悅

《異鄉人》的第一部中，莫梭過著一種直覺的生活。他的直覺使得他沒有像別人一樣替自己建構許多外在的、整合的意義，而是個別個別應對外在的刺激。到了第二部，到了他被判處死刑，面對死亡，莫梭才自覺地思考、選擇自己要做一個什麼樣的人。

前面引用過審判之前，預審法官問莫梭相不相信上帝的情節。那時候，莫梭直覺地、誠實地、違背預審法官期待地說他不相信。但這時候，他還不知道自己生命快要結束了，還感受不到死亡迫切的威脅。

審判結束後，類似的情節又發生了一次。這次是監獄神父來了，要勸他相信：「『上帝能幫助你……所有我見過與你同樣處境的人，都轉而求助於祂。』」莫梭還是拒絕，仍然堅持他不相信上帝。這時候，他的「不信」有了更大的分量、更深刻的意義。面對死亡，他不只是拒絕一種宗教信仰，而且拒絕希望。

神父很明白，被判死刑的人會需要抓住點什麼來提供他們希望，所以他自信滿滿地來勸誘莫梭。他的自信與堅持，最終惹惱了莫梭。當神父說他會替莫梭祈禱時，

「不知道爲什麼，一股無名火在我體內爆發開來，我扯著喉嚨對他破口大罵，要他別爲我祈禱。我抓住他長袍上的頸帶，在喜怒參半的迷亂中，將心底湧上的怨氣一股腦兒朝他宣洩。他看起來的確是信心滿滿，對吧？然而，再多堅定的信念也比不上女人的一根頭髮。」

他簡直要對神父動粗了。但奇特地，對於這樣的情緒爆炸，莫梭的描述卻是「喜怒參半」，爲什麼會有「喜」呢？「喜」從那裡來呢？

讓我們再讀下去：「他生活的方式就像具行屍走肉，甚至不能說他是實實在在地活著。我表面上看起來也許是兩手空空，但我對自己很確定，對一切很確定，對自己的人生和即將來臨的死亡很確定，比起他擁有更多的自信……這是我的生活方式，只要我願意，它也可以是完全另外一種。我選擇了這樣做而非那樣做……從我遙遠的未來，一股暗潮穿越尚未到來的光陰衝擊著我，流過至今我所度過的荒謬人生，洗清了過去那些不眞實的歲月裡人們爲我呈現的假象。他人之死、母親之愛、他的上帝、他人所選擇的生活、他人所選擇的命運，與我何干？」

這的確是「喜」。在那一刻，莫梭意識到了自己關在監獄裡等待死刑的生活，都還比神父的生活更眞實。在那一刻，藉著拒絕自我欺瞞、自我安慰，藉著如實地面對死亡，莫梭得到自覺與自信。在那一刻，他確定自己擺脫了別人加諸在他身上的種種假象，離開這些「他人」，回到自己，回到自己的選擇。

他體認了自己的「誠實」，感受了「誠實」帶來的喜悅。到此，莫梭成了「存在主義」式的英雄。他克服死亡帶來的恐懼，在死亡面前，依然堅持不要安慰、不要希望。

死亡是人類所有逃避、自欺的源頭。人繞不過死亡，又無法如實接受死亡。維根斯坦[13]的名言：「死亡不是人類經驗。」人無法做為人而體驗、理解死亡，卻又無法不預想、不解釋死亡。如此，人只好去編造，然後相信自己所編造的。相信有上帝、相信有來世、相信有死後的終極審判、相信有靈魂、相信有天堂地獄。這哪一件眞的是人類經歷過的呢？哪一件不是人編來讓自己相信的呢？

《異鄉人》當然是對於宗教，尤其是基督教的一番反省，甚至是嚴厲的指控。人依賴上帝來提供希望，來逃避眞實，結果就使得人陷入不誠實、荒謬的生活中，所有

13 維根斯坦（Ludwig Wittgenstein，一八八九～一九五一），出生於奧地利，後移民英國，為二十世紀深具影響力的哲學家。重要的著作有《邏輯哲學論》（*Tractatus Logico-Philosophicus*）、《哲學研究》（*Philosophische Untersuchungen*）等。

不誠實的人組成的社會，也就必然反覆掏空眞實、用「本質」取代「存在」，讓每個人都不能實實在在地活著，只能一直不斷用編造、捏造的「意義」、「本質」掩藏自己、審判別人，壓抑自己、迫害別人。

在死亡之前，莫梭竟然沒有掉入希望的陷阱中，竟然能沉浸在一種不需要希望而活著的「欣然」——「欣然接受這世界溫柔的冷漠」。

旁人無法理解的陽光

如果將《異鄉人》讀到結尾，再回頭重新讀一次第一部，我們會發現：其實包括莫梭自己在內，誰都無法在那個當下現實條件中，預測、判定莫梭會不會殺人。

這是當下事實與審判目的之間無法彌縫的差距。審判中，由檢察官主導，到後來法官及群眾都接受的目的，是要證明莫梭不只殺了人，而且他就是個殺人者。犯下殺人行爲，是他生命中的一項「本質」。他對母親的無情，他在母親葬禮中、葬禮後的表現，證明了他「必然」會殺人。

冷血是莫梭的「本質」，冷血，或用檢察官的話說：「缺乏靈魂」，聯繫了莫梭對母親的無情與他殺人的這兩件事。

替莫梭辯護的律師無法否認他殺人的事實，所以就集中力量將這整件事刻劃爲：一個老實的公司雇員因爲一時失常而殺人。律師找來了餐廳老闆、狗主人鄰居，來說莫梭是個「男子漢」、是個「老實人」。不過他找了莫梭的情人瑪莉來作證，卻不幸被檢察官藉機彰顯莫梭在母親下葬的第二天就帶瑪莉去電影院看喜劇片。

雖然檢察官和辯護律師立場相反，但他們卻用同樣的方法處理莫梭的審判。檢察官要證明莫梭這個人的「本質」是冷血無情、會殺人的；辯護律師則要證明莫梭這個人的「本質」是老實、不會殺人的，殺人純屬一時失常的意外。

莫梭聽到辯護律師結辯時的說詞是：「他說我是個善良正直的人，出勤規律未曾懈怠，忠於所屬公司，受到所有人喜愛，並同情他人苦難。在他口中，我在能力允許的範圍內盡可能地奉養自己的母親，是爲人子女的楷模。畢竟，我只是希望在養老院裡，年邁的親人能夠獲得自己經濟條件所無法提供的照料。」

兩個人，給了兩種完全不同的描述。卡繆沒有要我們拒絕檢察官的描述，傾向接受辯護律師的說法。他要我們看穿這中間的荒謬，兩種說法，都不是莫梭，是爲了這場審判需要而虛構出來的兩組「本質」。

審判的重心不在莫梭有沒有殺人，這已經清楚明白了；而是要決定莫梭的為人注定了他會殺人，還是他不會殺人。其實殺人的行為由諸多偶然因素彼此影響、激盪而成，莫梭沒有必然會殺人，也沒有必然不會殺人，可是對於那個法庭、對於那些群眾而言，他們就是一定要得到非此即彼的答案。

那是源自「本質思考」的習慣。他們擺脫不了，也不想擺脫，於是明明是審判莫梭，最後卻得到兩個都不是莫梭存在事實的虛像，在那裡供人選擇。

真的有一種可以被看清楚的「本質」決定莫梭是個殺人犯，或只是陷入失常意外的倒楣鬼嗎？回到小說第一部的紀錄，一直到莫梭扣下扳機那一剎那之前發生的所有事，都無法決定莫梭會還是不會殺人。他和雷蒙去找那兩個阿拉伯人時，他還有意識地阻止了雷蒙開槍。然後「雷蒙把手槍遞給我，一道陽光掠過，金屬反射出亮光。四個人仍舊文風不動，彷彿被周圍的空氣所包圍，動彈不得。我們緊盯彼此，眼睛眨也不眨，在海洋、沙灘和太陽之間，一切都靜止了，笛音和流水聲也停頓下來。我腦中同時閃過開槍和不開槍的念頭。」

到他又在沙灘上遇到那個阿拉伯人，他心中「想過只要轉身往回走，事情就會畫上句點。」然而猛烈陽光曬著他，「由於無法再忍受這股燥熱，我往前邁出一步。我知道這很愚蠢，走一步路不可能擺脫無所不在的陽光，但我還是跨了出去。」一看他跨步向前，阿拉伯人馬上亮出刀子，隨而莫梭就扣下了扳機。

這就是爲什麼審判中被問到動機時，莫梭只能說：「全是太陽惹的禍。」因爲在他眞實的存在經驗中，唯一能解釋開槍和不開槍差別的，就只有陽光，以及陽光帶來的難耐燥熱；沒有其他更深刻、更「本質」的理由。

陽光聯繫了媽媽的葬禮、和瑪莉的嬉戲，以及在沙灘上與阿拉伯人的衝突。這是莫梭存在上的眞實感覺，卻是其他人無從理解的。所以當莫梭提到陽光，旁聽席上傳來了笑聲，連他的辯護律師也只能無奈地聳聳肩。

存在上的事實是陽光決定了莫梭殺人的行動，但這件事實無法放置入「本質式」的思考與理解中，只能被擱置到一邊。

第八章　從「荒謬哲學」到《反抗者》

卡繆如何看待殺人這件事

有人批評《異鄉人》中讓莫梭毫無理由地只是因爲陽光與燥熱就殺了人，缺乏說服力。也有人批評卡繆的寫法是敗德的，尤其有些讀者誤會卡繆要我們同情莫梭，認爲他不應該爲了殺人受到懲罰。這當然都是對小說的誤讀、對卡繆「荒謬哲學」的無知或誤解。那如果放回「荒謬哲學」，放回「存在主義」價值裡，卡繆到底是如何看待殺人這件事？

小說裡，莫梭無法對法庭、也無法對自己解釋爲什麼殺了人。這其實也是我們經常不願面對、不願承認的存在事實。並不是每一件事、每一項行爲都有解釋；而且往往人生愈重大、愈關鍵的事情，在發生當時，我們愈是沒有一個完整的想法與說法。

解釋通常是事後的交代，或來自別人的提示，不是當下眞正的理由。正因爲這件事太重大、太關鍵，所以你講出來的眞實理由，別人總覺得和事情的嚴重性不相稱，你只好配合找出夠分量、夠嚴重、夠冠冕堂皇的理由來。然而，事實是，事情發生當下，你根本無從判斷它會有那麼重要、那麼關鍵，你只能在事情變大變嚴重了，調整改寫你的動機、你的經歷。

《異鄉人》中，卡繆讓莫梭凸顯了這項存在事實，並沒有以作者的聲音介入，對殺人這件事多做補充。但這並不代表他對殺人掉以輕心，純粹視之爲小說所需要的一段情節而已。

一九五一年，《異鄉人》出版九年後，卡繆出版了《反抗者》（*L'homme révolté*）。這是卡繆的第二本哲學論著，而且他有意識地要將這本書寫成《薛西弗斯的神話》的續篇。《薛西弗斯的神話》由自殺——人是因爲活著沒意義所以去自殺嗎？——開啓思辨、討論；《反抗者》則是以殺人的話題開頭的。

《反抗者》全書第一句話：「有爲熱情而殺人，也有爲邏輯而殺人。」《反抗者》要探討殺人，然而在「荒謬哲學」之後，卡繆當然不可能用傳統的道德、法律角度來討論殺人。道德、法律，都是人所創造出來的藉口，要給人一些「本質」的規定。

正就是因爲主張「存在先於本質」，拒絕接受人有什麼先天的「本質」來限制他的存在經驗與可能性，卡繆不得不面對一個問題：如果人沒有「本質」，如果人的存在那麼多樣、那麼難以捉摸規定，那我們還能對自己、對別人的行爲有什麼樣的信任或把握嗎？

「讀書讀到那麼高的學位，怎麼會騙人呢？」「做官做到那麼大，怎麼會貪污呢？」「會來上『誠品講堂』的課，還對卡繆的哲學有興趣，怎麼會殺人呢？」……平常我們都是用這種方式來進行判斷。《異鄉人》、「存在主義」提醒了我們這種思考方式的荒謬之處，騙不騙人，跟學位何干？貪不貪污，和官位多大何干？殺不殺人，更不可能由有沒有上「誠品講堂」、有沒有讀卡繆來決定！

若是如此，那我有什麼方法可以判斷、可以確認誰不會殺人嗎？還是我隨時都得擔心害怕在各種因素刺激湊泊下，誰都可能成為殺人者？沒有什麼特殊的力量阻止人殺害其他人嗎？更精確地問：在「荒謬哲學」中沒有任何原則來律定人可以做什麼、不能做什麼，例如說律定人是不可以殺人的嗎？

卡繆要繼續衍生他的「荒謬哲學」，進一步思考人的存在，他就不能不回頭再度面對《異鄉人》小說中莫梭殺人這件事。我們有理由相信，那幾年間，莫梭殺人的情節一直留在卡繆心中。

「為邏輯而殺人？」

直接刺激卡繆在五〇年代初書寫《反抗者》的，是希特勒與德國納粹所做下的事。一九四二年，卡繆出版《異鄉人》時，法國被德國占領，卡繆參加了反抗納粹的組織。希特勒和納粹是他們的敵人，不過他們當時並不知道這敵人有多可怕；或者該說，他們當時出於對納粹的厭惡、敵視，而無法想像納粹的眞實面貌有多可怕。雖然自己就在戰爭中，受著戰爭帶來的痛苦，但他們當時還眞不知道這場戰爭究竟有多可怕。

他們對戰爭的理解，來自第一次世界大戰。他們帶著第一次世界大戰的印象，想像、理解自己身處的這場新戰爭。又要死那麼多人，又要毀掉一整代歐洲的青年，又要帶來人對於文明更強烈的懷疑與失望，又要把人朝野蠻深淵再推前一步。這是他們對於這場戰爭的想像，已經夠痛苦、夠難捱的想像。

然而要到戰爭結束後，他們才眞正知道這場戰爭不只如此。第二次世界大戰造成的破壞遠超過第一次世界大戰。英國倫敦被德國炸成了一片廢墟；德國好幾個城市也被英國和美國聯手炸成了廢墟。法國爲了保護巴黎不成爲廢墟，早早向納粹投降，但因爲這樣的懦弱決定，使得法國人在精神上成爲另外一片自我懷疑、自我矮化的廢墟。整個歐洲找不到一個完整的國家，可以和美國或蘇聯平起平起，甚至沒有一個國家留有足夠力氣參與、影響美蘇之間新形成的冷戰緊張關係。

一九四五年五月德國投降，盟軍進入德軍占領區，進而占領德國，陸陸續續發現了各地的集中營，慢慢揭開了德國及德軍占領區裡猶太人的遭遇。原來在那麼短的時間中，六百萬猶太人被滅絕了。

這是人類歷史上最有效率的殺人成就，如果可以稱之爲「成就」的話。歷史上有很多殘暴的經驗，但殘暴勢必引來反抗，屠殺一定會刺激逃亡和拚命的反應，因而有效的殘暴屠殺不是那麼容易的一件事。爲什麼德國納粹能夠殺了六百萬猶太人？

「有爲熱情而殺人，也有爲邏輯而殺人。」在《反抗者》書中，卡繆以艾蜜莉．勃朗特[14]小說《咆哮山莊》裡的主角希斯克利夫來說明什麼是「爲熱情而謀殺」。希斯克利夫爲了保護自己的愛情，不惜殺人。有人要搶走他的愛人、破壞他的愛情，他會以奪走那個人的生命來保全愛人與愛情。這是一種出於熱情的極端作法。而這種作法之所以有意義，之所以能讓他的愛人及我們都感受到其中的熱情，正因爲他明明知道、也清楚承認：殺人是錯的、殺人是不可以的。違背了近乎絕對的「不可殺人」禁令，顯示了他以多強烈的熱情看待、衛護、堅守他的愛情。

如果你說：「爲了保護我的愛，我願意到誠品書店去買十本書！」這有意義嗎？沒有，因爲到誠品買書不構成任何禁忌，也就不存在打破禁忌所必須付出的代價，也就無法顯示你對愛情的熱情與執著。

為熱情而殺人，是願意付出「罪」的代價，來換取愛情，表示愛情的價值高過殺人之罪。

然而，德國納粹殺了六百萬猶太人，和希斯克利夫為愛而殺人，都是殺人，都是一樣的嗎？光是很簡單的一件事，就顯現出這兩種殺人不是同一回事。為了愛而殺人，殺人時必定是衝動的、情緒激昂的；甚至就連一般的仇殺，在殺人的當下，殺人者多半也都是衝動、情緒激昂的，而且在殺人行動後，身體裡會油然生出深層的疲倦。

但納粹殺猶太人的過程，卻是冷靜、安靜的。能在那麼短時間內殺那麼多人，其中一項必要條件就是：殺人的行動、殺人的過程不會給殺人者帶來無法忍受、很難恢復的肉體和心靈上的疲倦。

---

14 艾蜜莉．勃朗特（Emily Jane Brontë，一八一八～一八四八），十九世紀英國作家與詩人，與姊姊夏綠蒂、妹妹安妮一門三姝，在寫作方面都具有天分。世界文學名著《咆哮山莊》（*Wuthering Heights*）是她唯一的一部小說。

他們不是出於衝動殺人，而是相信殺人是對的、殺人是合理的，這就是「爲邏輯而殺人」。

反抗者就是「說『不』的人」

經歷過第一次、第二次大戰，眞正知道戰場是怎麼一回事，卡繆及當時歐洲人至少明瞭：即使在戰場上，即使有殺傷力如此強大的現代武器砲火，要殺六百萬人都沒那麼容易。

何況是在和平狀況下，德國納粹竟然能把那麼多人送進集中營，送進瓦斯毒氣室，日復一日像在生產線上製造產品般，穩定且有效率地摧毀人命。

該如何看待這件事？該如何解釋這件事？一個認眞思考生命哲學的人，無法逃避這個逼到眼前來的空前浩劫。卡繆認眞思考：他的「存在主義」與「荒謬哲學」，經得起這場浩劫的挑戰嗎？

《反抗者》就是他提出的答案。

卡繆給了「反抗者」很簡單的描述：那就是「說『不』的人」。當一個人對著一個命令，一個不管出於地位、權力或暴力威脅而能對他下命令的人說出「不」字時，他就成了一位「反抗者」。

最具有代表性，最能讓我們感受「反抗者」的經典畫面，是一個已經習慣接受命令、接受斥責、接受鞭打的奴隸，平常都是背對主人，接受主人將鞭子抽在他背上的奴隸，有一天轉過身來，對他的主人說：「不。」那個「不」字表示「不可以」、「我不接受」、「到此爲止」……如此這個奴隸就成爲了一個「反抗者」。

爲什麼這個畫面如此重要？因爲這樣的場景代表了好幾件重要的事。第一件，代表這裡存在著一條界線。當奴隸說「不」時，他不是徹底推翻、否認奴隸和主人之間的關係，而是表達著：即便是奴隸和主人的關係，也有一定的行爲限度。必須要有這麼一條「到此爲止」的界線在奴隸的心中，奴隸才會在這一刻，而不是之前的任何一刻，轉過身抬起頭來對主人說「不」。到達、觸犯這條線之前，他可以忍耐，他一直在忍耐，但那卻並不意味著他終將忍受一切。

不管反抗的對象是誰，觸動反抗的原因是什麼，一定要有這麼一條界線，才會產生「反抗者」。即使「反抗者」自身說不出、無法意識這條界線，反抗的行爲就保證了這條界線存在。

奴隸轉過身對主人說「不」，說明的第二件事是：他認定、他主張（即使他說不出、說不明白）他身上有些特殊的價值，是不能被主人，或主奴關係給取消的。界線的實質意義就是有些東西我不願交出去，有些東西你不能奪走。談判桌上我們說：「這就是我的底線。」意味著有些代價你不願拿來當籌碼，犧牲那樣東西將使得整個交易談判對你變得沒有意義。如果不能感受到有些什麼一定要保護的價值，奴隸不會轉過身來成爲「反抗者」。他是爲了那些不容被奪走、不容被取消的東西——具體的或抽象的——而反抗的。

還有第三件事。遇到奴隸轉過身來說「不」，通常主人的反應都是毫無防備的驚訝。主人的驚訝不單純來自沒想到奴隸會反抗，毋寧是驚訝奴隸會爲了這件事而反抗。主人的驚訝是：「爲什麼？這不是我第一次這樣命令你啊？爲什麼這一次、現在你會說『不』？」

奴隸的反抗往往不是針對主人新發明了怎樣的苦勞或懲罰或侮辱要他接受。如果是那樣，意味著奴隸先天對這件事——苦勞或懲罰或侮辱——有著明確的拒斥，所以這件事出現的第一次，他就會說「不」，會反抗。然而現實、眞實狀況多半不是如此。奴隸可能在此之前乖乖接受了三次、十次，甚至一百次，但在某一次，他突然不再像之前一樣服從，而是轉過身來對主人說「不」。

卡繆主張：關鍵不在命令帶來的折磨或屈辱，在於奴隸有沒有想過、有沒有意識到自己身上具備怎樣不容侵奪的價值。差別不在主人的命令，而在奴隸自身的醒覺。之前他不了解自己的價值，這份價值意識畫出的界線；之後他了解了，所以他就無法阻止自己轉過身來對主人說「不」。

反抗，彰顯了人類的尊嚴

這個代表性的「反抗」畫面中，一邊是持著鞭子的主人，另一邊是轉過身、手無寸鐵的奴隸。看到這個畫面，我們很自然地產生一種宿命的悲劇感，因為我們知道、我們預期，奴隸的反抗沒那麼容易可以成功。

主人會因為奴隸說「不」，嚇了一跳，然後就回應以「喔，好吧，那就不要這樣吧！」嗎？如果那樣，就不是主奴關係了。主奴關係，權力的絕對不平等，保證了主人不會聽奴隸的、不能聽奴隸的；也就保證了遇到奴隸說「不」反抗時，主人的反應必然是憤怒，是施加更嚴厲的懲罰或侮辱。

奴隸比我們任何人都更清楚如此的主奴關係模式。因而在他轉身說「不」時，他心中閃耀著的，是奇怪的預想。他不會假定藉由反抗減輕折磨或侮辱，他明白預備著反抗會帶來更痛的折磨、更深的侮辱；他甚至假設、準備著要爲了反抗而喪失生命。

這個畫面、這個情境提醒我們：不要誤以爲「反抗者」是爲了自身的自由，或爲了自身的福利而反抗的。剛好相反，終極的、純粹的反抗要出現，「反抗者」願意付出一切的福利，埋葬所有的自由，就爲了反抗。

做爲一個奴隸，不反抗還能保有那一點有限的自由，至少還能保有生命。一旦反抗了，就連這僅存一點做爲人最低限的福利都會被主人奪走。如果人只會爲了自由、爲了福利而反抗，那麼我們絕對不會看到奴隸轉過身來對主人說「不」。

一個沒有意識界線、沒有對自己設定忍耐限度的奴隸，可以繼續活著；一旦他意識到界線、不能忍受主人超越那看不到、卻絕對重要的界線而反抗，他很可能就連活命的空間都沒有了。那麼，他設定爲重要的、非保護不可的價值豈不就隨著他的死亡，也一併消失不存了嗎？

反抗不是那麼直接、那麼理所當然的一件事，尤其不是出於理所當然自利的算計與考量。一個奴隸爲了維護尊嚴而反抗，但他不會因此而贏得尊嚴、保護自身尊嚴，他反而會因爲反抗激怒了主人，連尊嚴賴以存在的生命都沒有了。要是眞正出於自利的動機，他不會反抗、不應該反抗。

反抗者贏得什麼？什麼都沒有。從自私、功利的角度看，反抗沒有道理。或換個方向說：從自私、功利的角度，看不出反抗的道理。自私、功利的考量無法解釋這經典、代表性的反抗畫面。自私、功利的考量下，奴隸就是該識時務，該選擇符合奴隸身分與權利的忍氣呑聲態度，保守一息尙存的生命，保守僅有依附生命的希微尊嚴。和失去生命就失去一切相比，不反抗而保守生命是唯一合理的行爲選擇。

除非我們跳出自私、功利的考量，除非我們看到、我們接受：「反抗者」不是爲了自己而反抗的。反抗不會帶給他自己任何好處，但他仍然要反抗，那他心中非得要有一種或顯或隱的對人類共同命運的信任不可。反抗不是爲了保護自己身上的尊嚴，自己的尊嚴會隨著更嚴厲的懲罰與侮辱而貶値，會隨著生命的喪亡而消失；但別人的尊嚴，或說整體人類的生命尊嚴，會因爲我的反抗而得到一點保護的力量。

反抗假定、而且抬高了人類共同保護一定生命價値的團結感。反抗帶來我的死亡，但同時彰顯了其他人、所有人的尊嚴。如果沒有這種因爲我的反抗、犧牲而有助於確立普遍人類尊嚴的信念閃過腦中，奴隸不會轉過身來對主人說「不」，「反抗者」

不會成爲「反抗者」。

奴隸不是他的「本質」

卡繆給我們的，要我們在眼前上演的，是一個戲劇性的場面。一個主人日復一日將食物倒在木盆裡，讓他的奴隸只能趴下身像狗一般地吃。這個奴隸過去也都這樣吃了，但有一天，有那麼一餐，奴隸突然拒絕了，轉過身來對主人說：「不，我不接受。」

「反抗者」誕生了，他身上必然帶著那些特質，否則他只會依照前一天、再前一天……的方式做爲奴隸活著。過去與現在，昨天和今天，奴隸和「反抗者」的根本差距，在於他發現了自己身上存在著這份或這些價值；而且他發現了不只自己身上有這份、這些不應該、不可以被剝奪的價值，在別人身上也有。即便他自己消失了，這些價值還在。於是他獲得了過去、昨天沒有的勇氣，願意爲了衛護這些價值而反抗。

過去，昨天之前，對同樣的事他忍受了許多次，然而現在、今天，他心中多了一個明確的判斷，知道界線在哪裡，忍受到什麼程度，高貴、寶貴的價值就被傷害、被取消了；所以現在、今天，他說「不」。

卡繆給了「反抗」、「反抗者」更鮮明的形象、更具體的意義。那麼，如此鮮明、具體定性描述的「反抗者」和之前卡繆所討論的「荒謬的人」，有著什麼樣的關係？

讓我們再往前提問，「反抗者」就會和「荒謬」、「荒謬的人」接頭聯繫上了。讓我們問：「爲什麼一個奴隸現在、今天會突然察覺、領悟他和其他人共同擁有的那些高貴價值？是什麼事、什麼力量引領著他、啓發了他？」

卡繆的答案是：當他變成了一個「荒謬的人」時。當他看穿了這整個世界最根本的荒謬性——沒有任何人、沒有任何條件、沒有任何力量，可以規定我存在的本質；也就是沒有任何必要的強制性規定，我就是個奴隸，我只能以奴隸的身分、本質存在。

從奴隸變成「反抗者」，就是因爲他理解了奴隸不是他的「本質」，只是強加在他身上的「荒謬」。過去、昨天，他都還參與了這樣的「荒謬」，跟他的主人、跟荒謬的世界一起認定奴隸就是他自己的本質，在奴隸之外自己別無其他的存在可能性。

他如何從出生就被周遭的訓誡與眼光塑造成一個奴隸，或他如何從一個西非的自由人被運到北美莊園，經過折磨、處罰、訓練而變成了一個奴隸，這樣的過程，和《異鄉人》小說中的審判，是同一回事。把一份本質，深深、不可磨蝕地烙印在一個人身上，除了這份本質以外，取消其他的存在因素、其他的存在可能性。

《異鄉人》中的審判，眞正目的是說服所有人，甚至說服莫梭自己：他就是個冷血的殺人凶手，冷血殺人凶手就是他的本質。相較於這份本質，其他一切都是偶然的、不重要的。如果莫梭被說服、接受了，他就轉變成一個「有本質的人」，他的存在就變得容易掌握、描述，他會做什麼不會做什麼，也就變得容易預測、容易解釋了。

把發生在莫梭身上的事，平行挪移到一個奴隸身上，我們就明白了奴隸是怎麼來的。他和莫梭一樣，身處在給他固定評斷審判的環境裡，無從辯白。所有的人都說他是個奴隸，就該活得像個奴隸，他無從拒絕、無從表達反對。沒有人問他怎麼想，他被決定了生命的本質是奴隸。

一旦自己也接受奴隸作爲生命的本質，他就只能擁有奴隸的選擇，不會有對主人說「不」的選項，也不存在知覺並認定界線的選項。

奴隸必須先成爲一個「荒謬的人」，先看出來自己原本認定的本質是荒謬的，自己以奴隸爲本質活著的事實與狀態是荒謬的，他才得到了翻身成爲「反抗者」的機會。

爲什麼做爲奴隸決定了我的一切？究竟在我身上有什麼因素，必然決定了我是個奴隸？因爲我皮膚黑嗎？因爲我不識字嗎？因爲我長得太強壯嗎？……只要他開始發出這樣的疑問，一條一條地檢驗可能的答案，他就會發現：不，沒有任何一個答案能夠眞正回答問題。眞正的答案存在於這組問題之外——沒有任何條件必然決定一個人是奴隸；同樣地，也不會有任何條件必然決定一個人是主人。

認知這個不是答案的答案的瞬間，他就變成了一個「荒謬的人」；同時，他也就眞正成爲一個人。意味著他不再以奴隸的身分、奴隸的本質看著別人和自己之間的差距，而能夠從更根本的、本質之前的存在角度，立即、直覺地辨識自己和別人之間最重要的相似、共通之處——我們都有不容被傷害、被取消的某些高貴價值。

第九章　「存在主義」的道德重量

以本質之名殺人

從「荒謬哲學」到「反抗者」，將「荒謬」與「反抗」密切連接起來，卡繆所從事的，不是思考遊戲，更不是哲學表演。對他來說，思考、哲學是為了解決人要如何繼續活下去的具體問題，再現實不過。

從「荒謬哲學」到「反抗者」，他進一步提出存在的答案，為了要應對現實中出現的希特勒、第三帝國、納粹、集中營，以及不可思議卻又不能不思考的種族大屠殺——死了六百萬猶太人的事實。

希特勒領導的納粹政權之所以能如此有效進行屠殺，因為他們所做的是「為邏輯而殺人」，他們為殺猶太人這件事建立了一套道理，吸引了許多德國人接受、同意，讓這些人站在邏輯是非的立場上贊同、支持，乃至參與了屠殺。這樣殺人不牽涉激情，不會觸動腎上腺素分泌，不會讓人疲憊，所以可以冷靜有效地進行。既然納粹的屠殺是依賴於邏輯是非，既然納粹的屠殺還爭取了那麼多人的同意，那麼要反對屠殺，就必須要從邏輯是非上徹底否定、推翻納粹的說法。

卡繆自覺在盡這樣的思考責任。尤其是他在還不知道集中營與大屠殺之前就提出的「荒謬哲學」，正站在納粹殺人道理的對立面。我們可以藉由「荒謬哲學」重新描述納粹所犯下的罪行——那是「以本質之名殺人」。和納粹意識形態有關的概念、價值，幾乎都是本質式的——德國民族的本質、亞利安人的本質、歷史發展的本質，還有猶太人的本質。

這六百萬人，不再是六百萬個人，在他們身上被綁上了單一的本質——他們是猶太人，因而他們可以被消滅。在納粹眼中，他們就是猶太人，不多也不少，除了猶太人身分之外，他們生命中的任何其他元素通通不重要、通通不算數。他們之間有許多人在文化上根本是認同德國的，德語是他們的第一語言，甚至是他們的唯一語言，他們的德文寫得比大部分亞利安血統的德國人都要好，但這些通通不算數，都被身為猶太人的本質給壓過去了。

一九四二年的《異鄉人》中，卡繆寫出了以本質壓迫人的情景，令人感到冰冷，但連他都預料不到，就在他構思、撰寫「荒謬哲學」的同時，以本質壓迫人這件事竟然就在德國，就在他身邊，以空前的規模及不可思議的殘酷程度展開。不只把幾百萬的猶太人牽連進來，而且說服了為數更多的德國人參加成為審判者、迫害者。

看到莫梭，只看到、只願意看到他做為冷血殺人者的本質；看到奴隸，只會看到他身爲奴隸的本質；看到猶太人，只能看到他血統上的猶太本質。這些基本上是同樣的現象。

人的眞實，是他每一瞬間與世界互動產生的無量數意識不斷變動。今天他的存在和明天不一樣，今天的意識也無法保證明天的意識。存在的實相充滿了誰都控制不了的可能性，但我們卻要用很簡單的幾個概念、幾個分類、幾個範疇試圖加以控制，而且說服自己已經加以控制了。這是最嚴重的「不誠實」，這是卡繆在《異鄉人》中已經提出的指責，希望喚醒大家看到「不誠實」的人組構的社會如何否定一個人的存在。才沒有幾年，以極其痛苦的方式，歷史證明了他的指責與警告再正確不過。而且他的指責與警告，非但不嚴厲，還太溫和、保守了。那種「不誠實的人」組成的「不誠實的社會」會殺人，而且有能力以堅實共犯的方式在短短幾年內，冷靜、不眨眼地殺掉六百萬人。

殺人者與被殺的人之間沒有仇恨，或者該說沒有人對人的仇恨，甚至沒有存在對存在的互動，只有本質對本質之間所塑造出來的對立。一個以亞利安人血統作爲自身本質的人，在這套納粹本質論中，就必然、必須以毀滅猶太人來支持、證明自己的本質，所以他眼中看到了以猶太血統爲其本質的人，立刻激起一種抽象的、邏輯的，而非感情的、經驗的反應，讓他覺得可以殺人、也應該殺人。

看到猶太人，一個納粹德國人相信：「這種人全部從地球上消失了，世界才會變好。」「這種人」的概念籠罩了他，但這是多麼可怕的概念！他們每個人都是不一樣的存在，其實沒有任何一個人「只是」一個猶太人，也沒有任何一個人完全符合「這種人」的本質。但他們的個別性，相應地他們的存在權利，竟然就如何簡單地被取消了。

「存在主義」的奇特輕重失衡現象

「存在主義」在六〇年代大為流行，是西方乃至全世界青年次文化中最受歡迎的思想，就連在台灣，比西方稍微晚一點，也有一代人在成長的關鍵歲月中，把「存在先於本質」的口號叫得震天價響。

「存在主義」和搖滾樂、迷幻藥、嬉皮生活緊緊聯繫在一起。那個時候，青年次文化講到反抗、反叛，重點放在拒絕被約束、被規定，追求離開成人規範、社會成見的自由。這樣的追求，不能說不符合「存在主義」的概念、主張，但畢竟失去了「存在主義」形成時的那份沉重與悲劇感。

卡繆、沙特思考「存在主義」，不是思考一個青少年應不應該依照父母和學校的規定把頭髮剪短，把裙腳放長。他們思考的是：死了六百萬人的浩劫應該如何解釋，更重要的，應該如何阻止。他們清楚自己來不及救這六百萬死於集中營的猶太人，但他們堅持要找出方法來思索這幾乎無法思索的巨大悲劇。

六百萬人如此死去，這不是猶太人的事，這也不單純是納粹或德國人的罪惡。這件事挑戰了、幾乎改變了人之所以爲人的前提。發生了這件事使得許多過去視之爲理所當然的人的概念、人的解釋，都必須重新檢驗、重新訴說。

誰能提供最好的檢驗，誰能訴說得最好、最有說服力，就會對後世、未來的歷史產生最深遠的影響。卡繆、沙特、「存在主義」，從一個角度看，就是對這件悲劇的根源提出了最佳敘述與解說，所以一時風靡，變得如此重要。

面對自己或別人的生命，如果我們不能尊重、珍惜其中混亂、多元、奇特、沒有系統的部分，那麼就很容易形成「本質化」的態度。一旦習慣於將生命、存在「本質化」，我們離希特勒與納粹，其實也就不遠了。

卡繆和沙特還提醒我們：要不將別人的生命「本質化」，我們得先將自己的生命從「本質」中解放出來。單純只是主觀地告誡自己要尊重別人、不能把別人「本質化」，無法解決問題。眞正該做，卻也最難做的，是尊重自己生命內在的無系統，先否定原先認定自己是個什麼樣的人的每一項說法，將之還原爲「本質的謊言」。

「我就是個從來不說謊，只會說眞話的人。」這句話，百分之百是謊言。這是自我本質化的謊言。「我這個人沒什麼優點，就是特別慷慨。」這也是本質化。你在導引別人、導引自己不要去看生命中那麼多和慷慨無關的素質。

「存在主義」是個人哲學，非得要落在個人生活裡才有意義。「存在主義」不是要幫我們客觀地解釋世界，而是要讓我們主觀面對存在問題，找出存在的解決。「存在主義」追求的，不是answer，而是solution，回過頭來看，「存在主義」處理的不是question，而是problem。

What's your problem? 你怎麼了？你出了什麼問題？你在搞什麼？「存在主義」如此發問，並且沿著這樣的發問思考、提議。

從那麼龐大的歷史悲劇衍生出來，但又要關切到個人具體生活來發揮作用，於是有了「存在主義」的奇特輕重失衡現象。其開端那麼重，但後來落在個人生活上卻可以變得那麼輕。不讓大屠殺大浩劫重演，於是我們每個人都不要輕易接受媽媽叫你把房間打掃乾淨的命令。集體的悲劇那麼重，個人的解決那麼輕，聽起來像是笑話，某種黑色幽默，但這確實是內在於「存在主義」的矛盾。輕重失衡矛盾，促成了「存在主義」快速崛起；但輕重失衡矛盾，也讓「存在主義」一過了流行高峰，立刻快速貶值退潮。

這套哲學在解釋猶太大浩劫，以及如何防止悲劇重演，提出了精采、有說服力的說法，因而變得熱門、流行，隨後感染、啓發了六〇年代青年反抗文化；並不是青年反抗文化潮流讓「存在主義」變得熱門、流行。

我們要小心避免倒果爲因，一旦倒果爲因，就會讓我們看不到「存在主義」的源頭，感受不到這套哲學創造開端時的那份沉重，以及當時願意正面思考沉重人類困境所需要的勇氣與智慧。

「存在先於本質」這個口號，原本是爲了應付納粹、希特勒、大屠殺那樣的悲劇而形成的。口號後來脫離了這份人類命運思索的背景，改變了一整代人的自我認知，決定了他們如何長大成人。不誇張地說，這個口號及其主張，改變了從六〇年代到今天，每一個做女兒、做兒子的人與家庭之間的關係，每一個做學生的人與老師、與學校之間的關係。

如何尋找自我、如何建立自我，這個切身的生命議題，從此之後，變得都不一樣了。

「荒謬哲學」的道德責任

將「反抗」概念放進來，卡繆的「荒謬哲學」比原來寫「荒謬三部曲」時更形完整了。

原來的「荒謬哲學」中，卡繆行文不時會露出一點心虛與尷尬。一個信奉「荒謬哲學」的人，看穿了世間的「荒謬」，決定擺脫藉口，不需要希望，勇敢地活著，他這樣的選擇，對別人有意義嗎？如果有，那是怎樣的意義？

顯然，卡繆腦中經常盤桓著這樣的問題，但那時候，他沒有可以安心、自信、有把握說出來的答案。「荒謬的人」選擇做為一個眞實的自我活著，所以他就必然失去了社會性，和周圍的人脫節脫離，成為一個「自了漢」；如此，「荒謬的人」以看穿了社會的虛無、謊言為起點，走下去之後卻逐漸失去了社會性，和社會、他人、衆人無關，是這樣嗎？這樣對嗎？

「反抗」、「反抗者」解決了原本一直隱伏在「荒謬哲學」中的這份不安。不要藉口、不要希望地活著，不只是個人純粹的自我選擇。在《異鄉人》中已經浮動著一條可能、但又看來不太確定的思考路徑——有一種「荒謬哲學」的道德責任嗎？「荒謬的人」應該透過他的「荒謬」產生對他人的道德影響嗎？

「荒謬哲學」不就是站在對於舊道德（一種再強烈不過的本質規範）的批判而建立起來的嗎？難道它本身也要變成另一種對於人的行爲規定，而去談論道德責任？一九四二年時，卡繆還想不清楚這個問題，只能在《異鄉人》書中約略碰觸了不誠實的人所組構成的審判環境。大屠殺、大浩劫幫助他想明白了，是的，「荒謬的人」也有道德責任，迴異於以往與個人自由衝突、取消個人自由的道德；「荒謬的人」的道德責任，是衛護個人存在眞實性，不讓存在的多元、混亂、無系統被粗暴否定的一種道德責任。

看穿「荒謬」，相信「荒謬哲學」，不只是爲了自己。當你成爲一個「荒謬的人」，具備了從「荒謬」的角度來看世界的能力，你才有機會不要習慣性地加入由「不誠實」的人所組成的社會，參與他們以本質來迫害、殘虐，乃至於殺人的行爲。

「荒謬的人」不只是像莫梭一樣，在一個「誠實」的意識空間裡，不依靠上帝、不依靠希望、不依靠愛情或婚姻疏離地活著。「荒謬的人」必定不會加入汲汲營營要規定莫梭生命本質，要審判他的靈魂的行列。

「存在主義」，尤其是卡繆的「荒謬哲學」，與其說是要告訴你是誰，教你如何回答「我是誰？」還不如說是堅決地要你認清楚你不是誰，你不能拿什麼樣的謊言來搪塞自己。

《異鄉人》中，卡繆以虛構的人物、情節來凸顯審判者的「不誠實」、不道德。猶太人屠殺浩劫卻以再眞實不過的行爲，以百萬倍的規模，顯示了這種審判者的可怕。以邏輯殺人、以本質規定來賦予自己殺人權力，這種自以爲是的生命所帶來的災禍，幾乎是無限的！

或許，希特勒眞是個不世出的魔王，身上具備不可思議、無法解釋的極端邪惡。然而，他的那些幫凶呢？全德國沒有反抗他、試圖阻止他的那些人呢？超過一半成年人口表態支持他的人呢？甚至那些實際參與動手把猶太人送進集中營、管理集中營、操作毒氣室的人呢？他們不是每個長得都跟我們差不多，不是每個日常都和我們過差不多的生活嗎？

他們的數量、他們的具體模樣，讓我們無法堅持「魔王解釋」。不會每個人都是魔王附身，都是天生邪惡。他們會變成幫凶，不是因爲他們特別邪惡，而是因爲他們特別平常，過度平庸地全盤接受習慣的本質思考，接受人家給予的本質答案，輕易地相信了猶太人是應該被毀滅的，是不值得活在世界上的。

在徹底本質化的社會裡，才會把七歲的孩子、七十五歲的老人、完全不參加猶太儀式的人、虔誠的拉比（rabbi）、嚮往德意志文化的人、鄙視一切世俗買賣拒絕使用現代貨幣的人……通通放在一個「猶太人」的絕對分類中，審判他們，判定他們因爲有同樣的本質，所以應該得到同樣的判決——進到毒氣室裡終結生命。

「荒謬」取得了道德責任的分量。「荒謬意識」、「荒謬感」是我們僅有賴以對抗本質思考的力氣。「荒謬意識」、「荒謬感」因而也是我們賴以阻止屠殺大浩劫再現的唯一保障。

莫梭是個「反抗者」嗎？

《異鄉人》這部小說，結構上很平衡。全書分成篇幅相等的兩部，第一部有六章，第二部則分成五章。第一部和第二部的分隔點，就是莫梭殺人事件。從第一部到

第二部，同樣一個莫梭，有了絕異的經驗。

《異鄉人》第一部中，卡繆完成了一項很不容易的文學成就——將莫梭寫成了一個很難簡化形容、描述的人。他到底是個什麼樣的人？被動？冷漠？冷血？少根筋？過度敏感？過於麻木？仁慈？殘忍？關心別人？目中無人？講義氣？大膽？懦弱？……許多形容詞都曾被用來描述莫梭，然而不管是哪一個，我們都可以在小說內容上找出「不是」、「不太對」的證據來。

卡繆要讓我們看到「存在」，無法簡單地用「本質」來化約的「存在」。第一部中，莫梭基本上無視於別人的定義、別人的眼光，用自己的方式，以無法簡單統納的人格與價值觀念活著。

然而進入第二部，莫梭從一個沒有「本質」的人，變成了一個不斷被規範、加諸「本質」的人。第二部描述的，就是莫梭面對「本質」的反應與變化。剛開始他感到莫名其妙，審判不是以他想像的方式展開的。爲什麼預審法官要問他相不相信上帝？爲什麼他誠實說了不相信上帝，預審法官要那麼生氣？耶穌基督和他的殺人案件有什麼關係？

莫梭的莫名其妙，來自莫梭這個人與別人要加在他身上的「本質」之間的差異、衝突。莫梭第一次見到辯護律師時，「他希望我盡力協助他，並問我那天是否曾感到喪母之痛……我坦言自己已經不大有自省的習慣，因此很難回答。我應該是滿喜歡媽媽的，然而這並不能代表什麼。每個常人多多少少都曾盼望自己所愛的人死去。聽到這裡，律師打斷我的話，顯得很不安。他要我保證絕對不在庭訊或預審法官面前說這番話。我繼續嘗試對他解釋，生理上的因素經常會對我情感上的反應造成妨礙。媽媽下葬的那一天，我非常疲憊，只想倒頭就睡，所以沒能眞正意識到當時發生的事。我很確定的一點是，我會寧願媽媽沒死，還活在世上。可是我的律師似乎仍然不太滿意，他對我說：『這是不夠的。』

「他略作思考後，問我是否可以說當天我壓抑了內心情感，不讓它流露出來。我回答：『不行，因爲這不是事實。』語畢，他以奇怪的眼神望著我，彷彿我有點令他反感。」

律師不要事實，甚至厭惡莫梭的眞實存在，他要的是可以在法庭上拿得出來、具備辯護效果的一種「本質」，陪審團、法官、旁觀者能夠理解的一種「本質」。

這時候，莫梭就已經在接受審判了。周遭的人正積極地在形成對於他的「本質」的看法，莫梭卻還沒有眞切察覺這件事，沒有察覺這些看法將把他推上一條比懲罰他殺人更殘酷的道路。

藉由後來的「反抗」概念，我們回頭向《異鄉人》這部小說叩問一個原本不見得會問的問題：那麼莫梭什麼時候察覺了這件事？什麼時候他形成了「反抗」意識，進行了「反抗」嗎？

對於《異鄉人》的哲學讀法

從小說的角度看，卡繆給《異鄉人》一個很好的結尾。在突然對神父動粗之後，「彷彿那場暴怒淨化了我的苦痛，掏空了我的希望；在布滿預兆與星星的夜空下，我第一次敞開心胸，欣然接受這世界溫柔的冷漠。體會到我與這份冷漠有多麼貼近，簡直親如手足。我感覺自己曾經很快樂，而今也依舊如是。為了替一切畫上完美的句點，也為了教我不覺得那麼孤單，我只企盼行刑那天能聚集許多觀眾，以充滿憎恨和厭惡的叫囂來送我最後一程。」

他完成了擺脫希望的過程。理解了他能招來的關切都會是像神父那樣的，都是要再拿一份信仰的、或宗教的「本質」套在他身上。關切比冷漠還要殘酷。他懂得了享受、感激世界對他的冷漠，因為冷漠可以讓他保有真實的存在，做為一個「誠實」的人活到最後一刻。

然而作為一個哲學主張、一種哲學態度，這個結尾難免讓人覺得有所欠缺。他不接受別人拚命要加到他身上的「本質」，維持著自己的真實存在面對死亡，但這趟路程中，他從來沒有轉身明確地對那些審判他、試圖主宰他存在意義的人說「不」，他只是明瞭、選擇自己要的存在方式。也就是說：他沒有成為一個「反抗者」。

一直到小說結束，莫梭沒有清楚地畫出那條界線，確認在那條線之前，他一定要說「不」。受了審判與迫害之後，莫梭有足夠的勇氣，堅持原有的存在方式走向死亡，但他沒有「反抗」，他沒有成為徹底的「荒謬的人」，他沒有盡到做為「荒謬的人」應有的道德責任。

小說本身是完足的。但依照卡繆後來想得更深、更周全的哲學，窮盡一部作品追求「詩學正義」（poetic justice）或「存在正義」（existential justice）的可能性，那麼「荒謬的人」就應該進一步蛻變為「反抗者」，認知並宣揚人抗拒「本質」、堅持「存在」的某種共同尊嚴。只是拒絕了所有藉口與希望，不足以發揚詩學上的正義、存在上的正義，既然莫梭已經要在「本質」的祭壇上，為了錯誤的「本質」而不是為了他殺人的行爲，送上他的生命，他當然應該像那經典畫面中的奴隸一樣，轉過來堅定堅決地對那些審判他、試圖主宰他的人說：「不，我不接受！」

這個「反抗者」要反抗的對象，不是陪審團、法官或任何一個特定的人，而是——審判行爲本身，侮辱了所有人的存在價值。

用這種哲學的讀法，我們更加明白《異鄉人》和《反抗者》，「荒謬哲學」與「反抗」觀念間的連結。

文學的讀法、哲學的讀法之外，對於《異鄉人》必定還有另一種讀法——個人存在的讀法。

讀《異鄉人》，然後自問：你知道自己的那條界線在哪裡嗎？你現在沒有需要反抗的對象，不是個「反抗者」，但你知不知道在什麼狀況下，遭遇了什麼樣的對待，你會轉身說「不」，你會必然化身成爲一個「反抗者」？

怎樣的條件下，即使你清楚要付出生命代價，你都會拒絕再蹲著、躲著，明白轉過身來說「不」？你的生命裡有這條線嗎？畫得出這條線，並且有把握信守這條人之所以爲人的最後防線嗎？

第十章　卡利古拉的狂暴

捷克斯洛伐克的故事

卡繆爲自己設計了一種最適合他的表達形式——戲劇、哲學文集、小說三合一的「三部曲」。「三部曲」處理同樣一個主題。戲劇讓人看到主題在行動上的表現；哲學文集讓人了解主題的推論；小說則負責挖掘與主題有關，比較隱晦、幽微，甚至黑暗的領域。

卡繆晚期的筆記本中，有他對於寫作的回顧與計畫，就是用一套一套「三部曲」爲單位來記錄的。第一套完成的，是「荒謬三部曲」。第二套系列則是「反抗三部曲」，其中的哲學文集是《反抗者》，小說是《鼠疫》（*La Peste*），戲劇劇本則是《正義之士》（*Les Justes*）。構思中的還有第三系列，主題是愛情，尤其是這個系列中與愛情有關的痛苦的哲學文集，標題就叫《論愛情》；系列中的小說標題是《枯柴堆》；戲劇劇本則是《誘惑者》。「愛情三部曲」之外，卡繆還想著第四系列，筆記上沒有清楚的主題，只有籠統的描述，系列中要包括一部篇幅宏大的小說，一部重要思考的紀錄，加上一齣無法上演的戲劇。

更後面一點寫的筆記中，他對這個計畫做了修訂。「愛情三部曲」之後，原來的第四系列之前，他加了一個「審判系列」。卡繆沒能活著實現後續的系列計畫，不過計畫本身讓我們確定：「審判」的概念與主題，從《異鄉人》出版後一直在他腦海裡盤桓，是他思想意識中很重要的一環。

忠於卡繆的獨特表達安排，介紹過了《薛西弗斯的神話》和《異鄉人》之後，我們一定要問：「荒謬三部曲」還有一部曲呢？

那是《卡利古拉》。

卡利古拉是一位羅馬皇帝，也是這齣戲的主角。劇本在《異鄉人》出版兩年後，於一九四四年出版。不過在寫《異鄉人》的過程中，卡繆擴增了原本「三部曲」的架構，將戲劇表現從一部劇本增加到兩部劇本。《卡利古拉》是原先就規畫好的，也在《異鄉人》之前就動筆寫了，但在《卡利古拉》之外，卡繆又寫了一部劇本《誤會》（*Le Malentendu*），也放進了「荒謬三部曲」中。

嚴格來說，「荒謬三部曲」變成了「四部曲」。但卡繆仍然給自己的作品維持了「三部曲」的名號，因爲他將《誤會》視爲《異鄉人》的副產品，依附於《異鄉人》而存在。

《異鄉人》第二部第二章，莫梭在牢中這樣想：「……坐牢的重點其實在於如何打發時間。自從我學會了回想過去，便再也沒覺得無聊過。有幾次我回想起自己公寓裡的房間，在腦海中想像從一端出發，清點路上該出現的東西，再回到原點。剛開始很快就能走過一遍，但每次只要重新來過，花的時間就會更長一點。」

打發時間的第二種方法是睡覺。「一開始，我晚上睡不好，白天睡不著。日子慢慢過下來，我晚上睡得好些了，白天也還能睡一點。最後那幾個月，我一天能睡上十六到十八個小時，換言之，只剩下六個小時得打發，還不包括吃飯、大小號、回憶遊戲和捷克斯洛伐克的故事。」

這裡突然出現了奇怪的「捷克斯洛伐克的故事」，那是什麼？那是他從草蓆和床板間找到的報紙上讀來的故事。「有個捷克男子離開了生長的小村莊，希望能在外地成就一番事業。二十五年後，成功發大財的他帶著妻兒衣錦還鄉。他的母親在家鄉和他姊姊一起經營旅館，爲了給她們驚喜，他將太太和兒子安置在另一家飯店，然後自己到母親的旅館去；由於許久未見，她竟沒認出他來。他突然想和親人開個玩笑，當下要了一個房間過夜，還不吝於表現自己的富有。那天夜裡，他母親和姊姊用榔頭將他殺害，偷走他的錢財，然後將屍體丟進河裡。隔天早上，他的太太到旅館來，在不知情的狀況下揭露了他的眞實身分。最後，他母親上吊，姊姊跳井。」

我們能夠想像寫這段故事時，卡繆心中帶著一份不甘心。他寫了一段太好的故事來給莫梭消遣。牢裡的莫梭反覆讀了又讀這個故事，只能輕心地評論：「表面上，它（這故事）看起來太戲劇化，讓人難以置信；另一方面，卻又很合乎常理。」

這故事有比這樣的評語更多、更豐沛的潛力。卡繆沒有辦法藉由莫梭來充分解釋這故事，好好發揮其中的潛力。但卡繆被這故事吸引，在寫完《異鄉人》之後，把這故事寫成劇本《誤會》，擺脫了莫梭的獄中生活，也擺脫了莫梭有限的領悟與詮釋能力，轉而交給自己來運用處理。

身分，操控了人際間的對待？

我們很容易明白這故事和「荒謬」、「荒謬哲學」之間的關係。悲劇如何產生的？來自「誤會」。再追問：「誤會」又怎麼來的？依照「荒謬哲學」而有的答案是：源自於人太過看重外表、想像的身分，忽略了內在、真實的身分。在媽媽和姊姊的眼中，她們只認得出投宿者是個有錢人，她們也只在意他這個身分。這個身分超過了所有其他身分，引發了她們的殺機。

這個捷克男子是生是死，不是由他究竟是誰決定的，而是他的媽媽和姊姊如何認定他是誰。他就是他，他的財富就是他的財富，純粹因爲他媽媽和姊姊對他是誰有不一樣的看法，就徹底改變了他的遭遇。

他媽媽和他姊姊「誤會」了他的身分，認定他是個有錢的陌生人。藉由這件「誤會」產生的悲劇，卡繆問：究竟我們有沒有辦法穿透外表的、外加的「身分」來認識一個人？即便是母親、姊姊如此親密的關係，其實都只是靠「身分」的標記才能辨識嗎？當他沒有表明自己是兒子、是弟弟，他就不是兒子、弟弟，而是身上更明顯印記所昭示的一個有錢、炫富、討人厭的單身外地旅行者？在兒子、弟弟和劫財對象之間，有什麼必然的差距嗎？還是此刻的劫財對象，下一刻成爲兒子、弟弟，純粹依賴「身分」的轉換，與這個人之所以爲人的性質都無關？

更普遍的問題，存在層面的問題是：平常人與人之間的對待，到底有多少是由「身分」操控的？愛一個人、恨一個人，是愛什麼、恨什麼？愛這個人、恨這個人，等同於愛他的身分、恨他的身分嗎？

至少從《誤會》的這個故事看，好像就是如此。他就是他，前一天和後一天沒有改變，可是前一天他媽媽和他姊姊恨得把他殺了，後一天卻因爲愛他而痛悔，以至於分別自殺了。從恨到愛的戲劇性逆轉，全是依照她們對他身分的認定而來的，和他是怎樣一個人無關。

再回頭讀《異鄉人》小說中，莫梭那一小段看似輕心的意見：「表面上，它（這故事）看起來太戲劇化，讓人難以置信；另一方面，卻又很合乎常理。」一方面，我們覺得這種出於「誤會」而殺害至親的事不會發生在身邊；但另一方面，戲劇性災難產生的肇因，卻隨時潛藏在日常人與人對待的習慣裡，並不是那麼古怪、那麼不可思議。

許多戀愛中的人，都有過近乎恐慌的疑惑，忍不住向情人問：「你到底愛我什麼？」「如果我老了，你還會愛我嗎？」「如果我不是長這個樣子，如果我變醜了，你還會愛我嗎？」「如果我沒有考上台大，你還會愛我嗎？」「如果我失業、窮困潦倒了，你還會愛我嗎？」……

這種無法真正找到答案的問題，背後共通的根源，是無法確定人與人之間的對待，究竟是依靠什麼來決定的？從一個角度看，「存在主義」的價值就在對這樣的疑惑提出了堅定的答案。

寧可活在「誤會」裡

「存在主義」主張：放棄那些認識別人、對待別人的方便摘要、簡寫，盡可能直接去看人之所以爲人的全幅內容。我們的焦慮、不安，來自於我們擔心情人眼中、心裡認定的我，只是我這整個人的某種萃取，他將這部分放大成爲我，如此而跟我交往、如此而愛我。我們其實都知道，不管那被放大的部分是什麼，都不會是我這個人的全部，也不可能如此方便就代表我、代替我，所以才會產生那麼強烈的焦慮。想知道被用來代替我的那部分到底是什麼，是一項焦慮來源；害怕情人看到我做爲人必然會有的其他部分而改變心意，是另一項焦慮來源。還有，更害怕那部分變化了、消失了，那麼建立在那部分的我之上的愛情，豈不也就隨而變化、消失了嗎？

一般正常狀況下，人與人之間的對待，其實是謊言對謊言的。你認定我是怎樣的人，針對我這個人建立一個簡單、方便接受掌握的假人，依此決定如何對待我。我對待你，又何嘗不是如此！謊言對謊言，彼此都不追究，誰也不拆穿誰，把可能會有的疑惑都藏起來，這樣你省事、我也省事。

只有一些特殊的、極端的情境，會把我們從這種省事狀態中逼出來。讓我們藏不住本來就在那裡的懷疑，從一端問：我認定的他，眞的是他嗎？同時也必然產生來自另一端的同樣問題：他認定的我，眞的是我嗎？

愛情逼我們如此問。仇恨逼我們如此問。悲劇、傷害也經常逼我們如此問。還有，「存在主義」的哲學主張也逼我們一直如此問。

「存在主義」是勇敢到不切實際的一種哲學。「存在主義」要將極端情境下人才被迫看到的那種人際實況，建立爲普遍的原則。好像在一個貼滿壁紙的房間中，住在裡面的人習慣於看壁紙上重複、有秩序的花紋，只偶爾靠近牆上小洞，驚訝地從那裡看到外面的光、影、混亂變化的動態。每一次，他小心翼翼地假定，或許那裡有一個和壁紙不一樣的世界。他疑惑、他思考、他到牆洞前多看兩眼，如此而已。但「存在主義」卻要把圍繞著他的所有的牆，連帶所有的壁紙通通拆毀，叫他從此不要靠牆和壁紙帶來的防護，如實地看見、接觸那沒有反覆模態、混亂且激烈變化著的世界。

「存在主義」要還原人就是一連串的意識，就是「存在」，你要愛一個人，你就該愛這些意識總和構成的「存在」，而「存在」當然會變化，隨時變動不居，所以你愛的對象，不會因爲你的愛就停止變化，就鎖定在那裡，以便你安放你的愛。

我們爲什麼一而再、再而三偏斜朝向「本質」？因爲「本質」太好用了。以「本質」取代「存在」，我們也就能夠忽略「存在」的多變不定，假想一種穩定的關係。

我們寧可活在「誤會」裡。但卡繆要用極端、戲劇性的情境把你從自我感覺良好的「誤會」中趕出來，承認「誤會」的錯、承認「誤會」的可怕。

即使是親情，都沒有我們想像的那麼自然、那麼穩定。親若母子、姊弟，都無法保證不會有來自身分、來自「本質」的「誤會」，那還有什麼其他身分「本質」是值得我們相信的呢？當不知道那是她兒子時，媽媽都沒辦法直接針對這個人的實際「存在」而愛他，還會把他當作是可以劫財殺了丟進河中的對象。那麼媽媽愛的，相信自己愛的，聲稱自己愛的，到底是什麼？顯然不是那個做爲兒子的人本身，毋寧是她所認定的兒子那個身分，掛上那個身分的人。取下了這個身分掛牌，或當她看不到這個身分掛牌，她也就不愛、不能愛了。

從小說裡的一小段插曲，到獨立出來成爲一齣戲，卡繆做了些擴充、調整。戲中進一步解釋，捷克男人很小就離家，二十五年來對媽媽不聞不問，媽媽早已經放棄任何他可能回來的希望。衣錦還鄉的男人，其實對媽媽、姊姊心中是有愧疚感的，才會想要布置那樣的戲劇性場面，先讓媽媽、姊姊知道，甚至羨慕他那麼有錢，然後才揭露：「這個有錢人就是你兒子、你弟弟啊！」給她們帶來更大的驚喜、更大的滿足。

劇本裡也對姊姊多了一點同情。姊姊原本並不贊成殺人劫財，她不知道那個人是弟弟，純粹從人的立場反對媽媽的提議。

增添了這些元素，戲當然比小說中簡單轉述的故事要豐富好看，不過要傳遞的核心沒有改變。主體還是探討人與人之間的互動究竟是如何成立的，日常中我們又是如何認識其他人，決定對待他們的方法——彰顯出其中的「荒謬」來。

「荒謬三部曲」中的《卡利古拉》

《誤會》很好理解，「荒謬三部曲」原本的那齣戲《卡利古拉》相對就曖昧、隱晦得多。歷史上確有叫「卡利古拉」的羅馬皇帝，屬於羅馬史上的「凱撒時代」，也就是皇權上升高漲時代。也有人將這個時代意譯為「暴君時代」，並非這時代的每個皇帝都是暴君，而是他們握有可以為所欲為、胡作非為的巨大權力，他們之間很多人做出了暴君式的任意任性行為，也就不令人驚訝了。

在歷史記載上，卡利古拉和其他「暴君」有些明顯的不同。一項是他和妹妹之間的亂倫關係，親生妹妹是他最鍾愛的情人。另外一項是許多人都記錄了卡利古拉的生命轉折——從一個相對仁慈的人，突然變得凶殘、激烈。卡繆對這兩件事產生了高度興趣。

戲一開頭，大臣們慌張奔走，找不到皇帝。皇帝失蹤了，因爲他的妹妹、他的情人年紀輕輕就死了，大受打擊的皇帝幾天不見人影。等到他再度出現，他變了一個人。妹妹去世之前，卡利古拉是個溫和、合理的人；妹妹去世之後，他轉而有了許多荒唐的想法，伴隨著更多荒唐的作法。例如他組織了一群人去執行一項重要的任務，要求使命必達——一定要把月亮摘下來。例如他把自己扮成神，而且是扮成維納斯，規定所有臣民將他視爲維納斯來崇拜。

他開始用極其粗暴的態度對待大臣。宴會上，在大臣面前他將人家的妻子奪走，拉到後面去侵犯占有。突然發起脾氣來時，他順手將毒藥交給身邊的高位重臣，當場毒殺了這個人。他變成了一個不折不扣的「暴君」，完全符合我們對「暴君」的基本印象與基本定義——濫用權力，行爲沒有任何原則、模式，因而抗拒所有解釋。

行爲不可預期，到處引發恐懼的暴君，當然給國家、社會帶來了騷動不安。人們疑惑、害怕、痛苦、怨恨，進而有了推翻皇帝的念頭。一個叫色里亞的年輕人偷偷組織了暗殺卡利古拉的祕密團體。卡利古拉的忠實僕人察知了這件事，趕緊遞上密報。

卡利古拉的反應是將色里亞叫來，給色里亞看那份密報，然後大笑著將密報燒掉，並放走了色里亞。他不懲罰色里亞，反而爲了取信色里亞，而將那位忠誠的密報者給殺了。在反叛者和忠誠奴僕中，卡利古拉竟然選擇站在反叛者那邊。

戲中還有一位叫賽畢昂的詩人，他的爸爸就是那個被卡利古拉無情、無端毒殺的重臣。色里亞很自然選中了賽畢昂，前來勸說他加入推翻暴君的行動。賽畢昂不同意卡利古拉，卻無論如何不願加入色里亞他們的行列。針對如何看待「暴君」，色里亞和賽畢昂之間有許多或平靜或激烈的討論。

卡利古拉一時心血來潮，召集了國中的詩人來開大會，賽畢昂也在受召之列。色里亞勸賽畢昂，這是除掉暴君的最佳機會，賽畢昂可以靠近卡利古拉身邊，迅雷不及掩耳奪走卡利古拉的生命。

賽畢昂還是沒有動手。「詩人大會」之後，死的不是卡利古拉，卻是卡利古拉的新情人。這個女人眞心愛他，在他妹妹死後一直在他身邊關心、照顧他，沒有特別的理由，卡利古拉也殺了這個女人。新的情人死後，卡利古拉一個人對著鏡子鬼魅地說：「我還活著、我還活著！」

戲劇的結尾，是受不了暴政的羅馬人支持反叛者，蜂起的叛變迅速地殺了「暴君」卡利古拉。

不只是宣揚「暴政必亡」

《卡利古拉》劇本於一九四四年出版，第二年，也就是世界大戰結束的那一年，戲正式首演。首演之後，觀眾反應熱烈，讓這齣戲得以連演了兩百多場。在卡繆寫過的所有劇本中，《卡利古拉》是公認最成功、最受歡迎的。

法國觀眾喜歡《卡利古拉》，不難理解。他們認為這齣戲有一個簡單卻激動人心的主題——「暴政必亡」，他們在卡利古拉的身上看到了現實中希特勒的影子，他們毫不懷疑這齣戲「以古諷今」的用意與效果。

卡利古拉死前先殺了情婦，就是希特勒和情婦伊娃一起自殺的影射翻版，只是戲中的暴君不能得到那麼好的自殺結局，還得留著讓抗暴者成功推翻他、殺了他，才更符合歷史無法提供的「詩學正義」。

他們看到了暴君的下場，在一九四五年的局勢下，這是唯一有意義的訊息，光是這個訊息就夠讓觀眾激動叫好。

沒有人能規定觀眾不准這樣看這齣戲，不准有這樣的激烈反應。只是對《卡利古拉》的這種閱讀、反應方式，明顯掩蓋了兩項重要事實。第一，《卡利古拉》雖然較晚出版，然而其實際寫作年代還早於《異鄉人》。卡繆在一九三九年動筆寫《卡利古拉》，那時候，他不可能預見希特勒政權後來的發展。第二，更關鍵、更不容放過的，《卡利古拉》被列在「荒謬三部曲」中，如果講的就是「暴政必亡」，那與「荒謬」何干？

離開了一九四五年的氣氛，稍微認眞些讀《卡利古拉》，我們就會知道卡繆劇中許多角色、情節，是無法輕易放進和希特勒的暴政對比對照的。更不用說卡繆對於這齣戲其實提供了許多他自己的意見，只是在戰爭剛結束的時代，法國觀眾聽不進去。

至少我們應該聽聽卡繆特別替《卡利古拉》英譯版寫的前言中說了些什麼。他說：「原本和藹可親的君王，在妹妹兼情人德莉西亞死後，突然領悟這個世界無法令人滿意。從此之後，他被不可能的事物所困擾，被蔑視和厭惡所毒害，企圖透過殺人和系統性顚倒一套價值，來行使一種自由。最終他發現這種自由並不是好的自由。他拒絕友誼和愛情，否認人類純樸的關係，以及善惡。他抓住周圍的人所說的話，強迫他們接受其邏輯結果。他以拒絕的力量與摧毀一切的狂熱，改變了身邊的一切。是他對生活、生命的激情，將他推向如此的狂熱。但如果說他的眞理是反抗命運，他的錯誤則在於否定人。

「要摧毀一切就必然同時摧毀自己。卡利古拉讓自己身邊的人愈來愈少。他忠於自己的原則，幫忙武裝那些反對他的人。這些人最終成功地殺了他。這是『荒謬』最人道也最悲慘的歷史。忠實於自己而不忠實於人的卡利古拉，因爲明白了沒有人能單獨得到解放，無法在反對別人之中獲取自由，所以他接受了死亡。」

以熱情摧毀「荒謬」的世界

單看這段文字，我們對卡繆要表達的意念仍然無法清楚掌握。但如果將這段話和《卡利古拉》的劇情對讀，而且放回「荒謬哲學」的脈絡中，一切就昭然若揭了。

卡利古拉如此熱切地愛著妹妹德莉西亞，因爲那是亂倫、不正常的關係，他必然要對這份關係投注非常的熱情，才有可能維繫。激情使得他從來沒有想過，有一天這份關係會中斷、消失，或說他無法去思考、想像這樣的事。

但這樣的事發生了，妹妹突然死了。這就成了喚醒卡利古拉的契機。不可逃躲的、近乎絕對的死亡，讓人無法不感到「荒謬」，不得不進入「荒謬哲學」的情境。妹妹、情人之死，使得卡利古拉意識到，自己原先對於生命的種種假設是「荒謬」的。他和德莉西亞的關係、他對德莉西亞的愛情，建立在原本忽視死亡、假裝死亡不存在的「荒謬」假設上。

在失蹤的幾天中，卡利古拉變成了一個「荒謬的人」。在別人無法察覺、也完全沒有準備的情況下，卡利古拉做爲一個「荒謬的人」、「荒謬傳道者」回來了。他帶著無比強烈的衝動要喚醒其他人看清楚：你們賴以建立生活的基礎，是虛構的、是假的。你們假設有一種穩定、可靠的人際秩序，你們假設人會一直活著，那都是不可靠、都是錯的。

卡利古拉動用了他具備的皇帝權力，去破壞別人賴以活著的這些虛構、假設。他打破一般、「正常」的人際關係，懲罰效忠者、獎賞背叛者，讓效忠者和背叛者感受到自己原來的想像多麼虛幻、多麼不可靠。他切斷了既有的因果連結，看似無緣無故地生氣、殺人，迫使這些人放棄對因果解釋的信任。他主觀、任性地奪走生命，此刻活著的人，下一刻突然就被處死了，來中止其他人對於死亡的逃避。

卡利古拉有系統地去摧毀這個被他看穿爲「荒謬」的世界。他殺的，都是懷抱著強烈卻「正常」信念的人：提供有效服務的重臣、矢志效忠的奴僕、一心一意愛他的情人。他殘酷地在他們面前證明：他們的假設是錯的。提供服務換來滿口的毒藥，密報暗殺陰謀換來殺身之禍，不悔的愛情遭逢莫名的憤怒。但這些被他殺害的人，還有那些知道他如此做的人，卻沒能立刻接收到他的訊息，沒能醒來看到「荒謬」。於是卡利古拉就以更大的熱情，做更激烈的事，到了徹底否定人的程度。

詩人賽畢昂既是卡利古拉的「荒謬」夥伴，同時又是卡利古拉的對立面。賽畢昂曾對色里亞說：「我無法參與你們的行動，因為不管卡利古拉的行為如何乖張，我覺得在根本之處，他和我是同樣的人。」賽畢昂看出來，卡利古拉的荒唐行為，根本之處是對於眞理的激切追求，就如同詩與詩人原本被設定應該達成的功能。他最理解卡利古拉的「荒謬」洞見，但他無法贊同卡利古拉實踐「荒謬」原理的方式。

色里亞是卡利古拉的敵人，卻同時又成為他的共謀者。卡利古拉一次又一次放過他，因為透過色里亞的反抗、暗殺，最有機會能夠讓人們看清他們對於既有世界的假設是無理的，例如關於皇帝與皇帝權力。

卡利古拉用摧毀舊世界、舊系統的方式來喚醒「荒謬」。然而他能夠做這件事的力量來源——皇帝、暴君的權力，來自於舊世界、舊系統。要達成他的目的，他不能不摧毀那份使得他能如此做的權力，不能不摧毀他自己。

色里亞是他的工具。他用暴政協助武裝了色里亞這些反對他的人，幫他們製造足夠的支持力量，能用來殺他。被殺本來就是他追求的「荒謬」實踐中的一部分。效忠於卡利古拉的人，等於就是效忠於他要打倒的那一套系統；相反地，要推翻他、要殺他的人，才有助於他追求「荒謬」的實踐。

這齣戲顯示了這樣複雜、顛倒的信念。卡利古拉和莫梭最大的不同，在於他擁有破壞、摧毀舊系統的能力。莫梭只能忍受這個系統對他的審判，痛苦地活在一群「不誠實」的人之間。卡利古拉則意識到「沒有人能單獨得到解放」，他要破壞這個系統，摧毀這個系統。但他採取的方式，是運用自己的暴君權力任意殺人，凸顯眾人生命預期的根本錯誤，如此他就否定了人。

「他忠於自己的原則，幫忙武裝那些反對他的人。」卡繆如此說。改用後來《反抗者》提出來的概念語言，那是：卡利古拉在創造「反抗者」，用自己的權力把他們逼到終極處境上，逼他們不能不思考、不能不認定生命中退無可退的底線。

「反抗者」才是卡利古拉認同的對象。贊成他、支持他的人，則還活在舊系統中，活在「荒謬」裡醒不過來，甚至拒絕醒來。

第十一章　「我反抗故我在」

「荒謬」如何創造了「反抗」

卡繆的《卡利古拉》不是在寫希特勒的故事，也不是在寫普遍的「暴政必亡」人類教訓。從「荒謬」到「反抗」，《卡利古拉》提供了中間的連結。

薛西弗斯和卡利古拉形成一組對比。薛西弗斯活得再無望不過，反覆做了不會有結果的事，然而薛西弗斯卻如實地接受了這樣的生活，不借助任何自欺的希望或意義，每當石頭落下，他就承認自己過的是不會有任何成就、不會向終點靠近的生活。

薛西弗斯經驗的「荒謬」，遠甚於失去德莉西亞的卡利古拉。卡利古拉無法簡單地如實接受人就是會死，沒有任何因素可以保證人下一刻會活著、明天會活著。生活無法令人滿意。卡利古拉看穿了「荒謬」，而產生了強烈厭惡與鄙視的感覺，他要揭露這份「荒謬」，卻在揭露的過程中，將別人矮化爲奴隸，將自己從一個君王塑造成一個管轄、壓迫奴隸的主人。

他身邊的人，被卡利古拉以奴隸待之，卻還不反抗。色里亞反抗了，在戲中，他是願意去畫出界線來的「反抗者」。他被卡利古拉的「荒謬」喚醒了，發現自己被卡利古拉以奴隸待之，轉過身來對他說「不」。

這齣戲如此連結了「荒謬」和「反抗」，讓我們看見「荒謬」如何創造了「反抗」。卡利古拉是主角，他是最早體認出「荒謬」的人，用他的皇帝權力去凸顯「荒謬」，終至有色里亞這樣的人，以「反抗」應之，因而色里亞才是這齣戲要讓觀眾認同的角色，不是卡利古拉。

《卡利古拉》比《薛西弗斯的神話》、《異鄉人》多了一層轉折。以卡繆的規畫原意來說，戲劇是主題的行動表現，所以會帶有一種現實感，帶有來自現實行動的曖昧。

思考「荒謬」，卡繆沒有停留在薛西弗斯和莫梭的那種個人觀點上。早在「荒謬哲學」的創發開端，他就已經考慮到社會性議題，認知「荒謬」之後，人該怎麼辦？除了認清自己的生命之外，是否需要、是否應該去叫醒那些在「荒謬」中沉睡，不知其爲「荒謬」的人？

這樣的思考，到了「反抗者三部曲」，獲得了更完整的處理。

卡繆改寫了笛卡兒的哲學起點「我思故我在」，改成「我反抗故我在」。人什麼時候開始存在？或說人何時眞正知覺、意識到自己的存在？笛卡兒提供的答案是：當我們懷疑世界所有一切事物的存在眞實性，最終確認我不能懷疑自己正在懷疑的這個事實，這是存在的起點，存在退無可退的明證。卡繆則主張：在你成爲「反抗者」之前，在你找到自身絕對不容侵犯、掠奪的特性之前，你的存在是一種普遍式、庸衆式的存在，沒有個性的假存在。要到了你感受一股絕對的說「不」的衝動，才在那當下清楚浮顯出你的眞實自我、眞實存在。

卡利古拉身邊這些效忠他、服從他、愛他的人，示範了沒有眞實存在的人。他們接受卡利古拉的所有規定，任憑卡利古拉以皇帝的暴君權力定義他們是誰，決定他們的命運。

這些人都不存在。他們自願接受了皇帝給予他們的，沒有在身體裡激發出保護某種眞確價值的衝動，意味著他們的一切都可以由別人定義，沒有什麼是堅持一定要自己來定義，排斥任何他人侵犯。沒有這份堅持與自衛，就等於沒有自我，就等於不存在。

無論如何，我不會讓皇帝在我面前奪走我的妻子；無論如何，我不會讓皇帝把毒藥塞進我口中。心中有了面對皇帝都不會改變的「無論如何」，那一瞬間，個人昂然存在，就算下一刻他就爲了這份堅持而被砍頭被虐殺，都無法否定他曾經存在的事實。

那一瞬間，你並不是知道了自己是誰，而是了然於心「我不是誰」。我不是皇帝認爲可以用這種方式奪走我妻子、逼我服毒的那個人。他的全部權力都不足以規定、塑造我成爲那樣一個人。

卡繆將像色里亞這樣的反抗者，稱爲「形上的反抗者」。意思是他們的反抗必然有其形上層面。反抗行爲在形上的、超越具體物質條件之上，決定了人的存在原理。

辦公室老闆叫你去倒茶，你很生氣，覺得尊嚴受損，對老闆說：「我不去！」說出「不」時，如果心中想的是：你才付我多少薪水，要我幫你倒茶！那這不是眞正的「反抗」，這意味著如果老闆願意多付兩倍薪水，就能換來你願意替他倒茶。相對地，說出「不」時，如果心中想的是：誰都不能用這種傲慢、羞辱的命令方式逼迫我做事！那才是「反抗」，因爲你找到了一個不可在具體物質條件上交易、討價還價的原則，那是個形上的原則，而你這個人的存在，就堅實地站立在形上原則基礎上。

「形上的反抗」與「歷史的反抗」

卡繆說的「反抗」，既是個人的，決定個人存在的根源；也是普遍的，有著普遍的形上原則作爲其起因。每個人說「不」的選擇不一樣，但那聲絕對的「不」卻普遍地證明、肯定了存在的一般條件；也就是證明、肯定了人之所以爲人、不被侵奪的普遍特性。

這種「形上的反抗」是多元、由每個人在自我生命底層各自完成的。卡繆特別在《反抗者》書中區別了「形上的反抗」與「歷史的反抗」。「歷史的反抗」是「反抗」落實在具體現實條件中，成爲反抗的行爲，有了反抗的組織、反抗的目標，更簡單地說，就是「革命」。

「歷史的反抗」，革命，對卡繆來說，是「形上的反抗」的墮落，非但無助於完成「形上的反抗」，還常常破壞了「形上的反抗」。

「形上的反抗」在說「不」的瞬間，你不知道接下來會發生什麼事，也無從計畫「反抗」之後會如何、又該如何。那份「反抗」的衝動是直覺的、純粹的，出於形上的生命原則，是在事件當下，針對事件產生的「人的反應」。「反抗」沒有計算、沒有目標、更沒有預想的過程。「反抗」是非時間的，當下、瞬間，有原則、有行動卻沒有發展、沒有過程，也就是沒有歷史。

「反抗」都是一個一個當下的自我主張與自我衛護，它沒有系統，也不建構組織。然而爲了讓「反抗」能得到效果與結果，人們會將「反抗」組織化、系統化，有了「反抗」的策略、「反抗」的步驟，也就是有了「反抗」的時間歷程、「反抗」的歷史，於是「形上的反抗」就墮落爲「歷史的反抗」。

這一方面是自然、常見的演變，另一方面卻又是對於「反抗」的逆反、背叛。革命的組織取消了個人的自主「反抗」反應，同時創造了自身的本質規定，於是人從原先多樣、模糊、混亂的「反抗者」，搖身一變成爲有固定性質與面貌的「革命者」。

賽華昂看出了色里亞要從一個「反抗者」蛻化而爲一個「革命者」，因而他不願參加色里亞的行動。他和卡利古拉一樣看穿了「荒謬」，自然不讓別人以「革命」、「革命者」來規範他、決定他。

「反抗」的根源是個人的，然而個人的「反抗」通常只能帶來被殘暴輾壓、摧毀的結果，無法改變刺激「反抗」的現實狀態。於是眞的要改變現狀、創造結果，就得要從「形上的反抗」轉化爲「歷史的反抗」，同時也就使得原始、純粹的「反抗」變質，乃至於消失了。

這是「反抗」的宿命。這也說明了爲什麼「反抗」無法成功推翻系統，還給每個人「存在」。因爲「歷史的反抗」會產生新的系統，對於個人進行另一次的「本質」

性規範。

「形上的反抗」，對壓迫說「不」，是反對、負面的反應；然而「歷史的反抗」，卻要建立一些正面的價值。直覺地對卡利古拉說「我不接受你如此對待我」，是一回事；號召大家一起來「抗暴」，來建立一個仁慈的、和平的、正直的新社會，是另一回事。

「歷史的反抗」提出了一套「歷史性」或「歷史主義」的主張，將他們相信的歷史性未來方向，視之爲必然、視之爲人的「本質」。

法國大革命是顯著的「歷史的反抗」；二十世紀的法西斯主義和共產主義，也是「歷史的反抗」。它們都起於衛護某種基本權利或尊嚴的衝動，但也都在過程中開始尋找、描述「反抗」之後的集體狀態，要說明「反抗」會帶來什麼。一旦開始描述，描述本身就變成了規範，就變成了新的「本質」，也就偏離、壓抑了「存在」。

左派知識分子的分裂

「存在」與「本質」之間的緊張關係，一直在卡繆的思想中。他反對「本質」的態度，始終如一。「形上的反抗」，是對「本質」的反抗，但「歷史的反抗」卻在反抗中升起新的「本質」規定。

我們應該小心，不要用簡單粗糙的分期來看卡繆的思想，認爲他早期相信「荒謬哲學」，後期轉向相信「反抗哲學」。從「荒謬」到「反抗」，不是兩個主題，不是兩個不同段落，而是同一套哲學的緊密論理推衍。明瞭了卡繆思想的主軸，我們很容易想像在人生的境況上，遇到了什麼樣的事，卡繆會抱持怎樣的態度、站在怎樣的立場，沒有「早期卡繆」和「後期卡繆」的根本差別。

一九五一年，《反抗者》出版，在法國引起了很大的爭議。爭議的焦點，在於卡繆對「歷史的反抗」的說法，尤其是將共產主義和法西斯主義放在一起，當作「歷史的反抗」的例證。

當時法國知識界在意的，是卡繆對於共產主義的批判。儘管卡繆分析、舉例的是普遍的共產主義思想與運動，但法國左翼知識分子，包括沙特在內，看到的卻是他對現實法國共產黨、法共與蘇聯之間關係的表態。

史達林對於黨內同志的「大清算」手法，在蘇聯境內大量成立集中營監禁政治犯的作法，剛剛在西方媒體被披露，西歐所有共產黨，乃至於廣義的左翼陣營，都受到了強烈震撼與打擊。他們面臨了殘酷的抉擇：要繼續堅持反資本主義立場，支持蘇聯？還是視蘇共爲自由的敵人，轉而譴責、批判蘇聯？前一種立場，意味著必須容忍「大清算」、集中營，爲蘇共辯護；後一種立場，意味著在反資本主義及右翼國家主義的立場上，和運動的領導勢力內鬨分裂。

卡繆等於是最早表態，明確選擇了與蘇聯畫清界線，因此惹來了舊同志——包括沙特——的青白眼。他們視卡繆爲背叛者，攻擊他是「投降派」，是「騎牆派」。然而，沒有多久，更多關於史達林統治與蘇共內部權力鬥爭的內幕祕辛傳到西方，西歐的左派再也無法維持表面的團結，不得不明確地分裂了。

一批人對共產主義與共產黨強烈失望，徹底放棄了原本的左翼信念，轉而支持資本主義社會現況。一批人對蘇共失望，放棄了對蘇聯革命的肯定與擁抱，決心發展出另外一套異於舊共產國際意識形態與運動主張的思想來，這群人就將自己稱作「新左派」。當然，還有一批人決定堅持原有的態度，繼續走共產國際組織性革命道路。

卡繆和沙特的老友，另一位重要的哲學家梅洛龐蒂[15]，特別寫了一本《論暴力》，全書的核心內容，就在於論證蘇聯、蘇共使用的暴力，包括「大清算」、集中營，不同於其他資本主義國家迫害人民的暴力；蘇共使用的暴力，是好的暴力，至少是可以被理解、應該被容忍的暴力。顯然，效忠共產主義運動，對梅洛龐蒂來說，比哲學信念、哲學論證更加重要，他不惜動用、扭曲哲學論證來辯護蘇共的行爲，保持對於蘇共和共產國際運動的信心。

卡繆的書，出版於分裂開始之前，或者該說，是刺激分裂動能的第一槍。別人還在猶豫、疑惑中，他就先表態了。理由無他，因爲他對「本質」如此敏感，對「本質」迫害如此深痛惡絕，所以他立即就形成了對共產主義運動的評判，沒有猶豫，也沒有妥協退讓空間。

與沙特的衝突

開第一槍的人，當下身邊不會有同志。還沒準備好要這樣翻轉批判共產黨與共產主義的人，很自然地譁然對卡繆群起攻之。法國左派知識界最早刊登《反抗者》書評

15 梅洛龐蒂（Maurice Merleau-Ponty，一九〇八～一九六一），知名的法國哲學家，其學說強調「知覺」及「身體性」，在現象學運動中具有非常重要的位置。

的，是《現代》雜誌。那篇書評明白指控：曾經在左派知識界和大家並肩作戰的卡繆，墮落、變節，投靠敵人陣營去了；雖然他使用的語言看來仍然是左派的，但他寫的新書顯然右派人士都很容易接收到其中的關鍵訊息，並且點頭稱是。

對這篇書評，卡繆感到極其憤怒。他也有被背叛的強烈感覺，因爲他知道決定《現代》雜誌意見立場的，不是別人，是沙特。如果沙特不同意，《現代》雜誌不可能刊登這樣一篇書評。

於是卡繆寫了一篇批駁辯護的文章，但文章是以公開信的方式發表。公開信指名的對象，不是那篇書評的作者，而是「親愛的《現代》編者」。

他不要、不屑和書評作者辯論，他要抓出書評文章背後的影武者，直接向他挑戰。「親愛的《現代》編者」，誰都知道是沙特。沙特也不示弱地迎戰，在下一期的《現代》雜誌刊登了〈答卡繆書〉。

「親愛的卡繆：過去我們的友誼有許多緊張，但我還是感到極度惋惜，今天你斷絕了友誼，無疑這份友誼是有該斷絕的道理。使我們接近的事情多，使我們分離的事情少，但這少，仍嫌太多。友誼有朝專制傾斜的趨勢，要嘛完全一致，要嘛反目成仇。不參加黨派的人，往往比黨派的人更專制，對門户立場的態度更嚴苛。」

開頭的第一段話，就表明了：沙特是在和卡繆從此斷交的假設上寫這封答書的。兩人一度是親密的朋友，共同發展「存在主義」哲學理念，也曾經並肩合作，由卡繆將沙特的小說改編成爲舞台劇演出。不過兩人的友誼的確一直都有「許多緊張」。其中一項緊張來自於卡繆反覆否認自己是「存在主義者」，總讓沙特心裡不舒服。「只因爲大家認爲我是『存在主義』的主角，你就一定要如此強調地撇清嗎？明明你的思想和大家認定的『存在主義』如此接近啊！」沙特難免在心裡這樣嘀咕吧！

已經表明了以斷交作爲假設前提，沙特在〈答卡繆書〉中就毫不客氣大肆寫了長串的攻擊。沙特說：「你曾經貧窮過，但你現在已經不窮了，變成一個資產者。要把自己稱爲受苦者的兄弟，就應該將生命中的每時每刻都奉獻給他們，從這個角度看，你根本不是他們的兄弟。」沙特指控卡繆已經變成了一個「資產者」，不再明瞭「受苦者」所受的苦，所以可以大方批評那些要爲「受苦者」帶來解放的力量。

沙特又說：「你反抗死亡，但在環繞城市的許多充滿暴力的區域中，其他人不像你一樣反抗抽象的死亡，他們反抗使得死亡率提高的社會條件。一個孩子死了，你會做什麼？你會譴責這個世界是『荒謬』的，你會指出有一個不應該存在、又聾又瞎的上帝，這個上帝正是你爲了能夠表現唾棄，所以特別去創造出來的。死了的孩子的父親是個失業者，或是個只能領一點點工資的非技術性工人，可能比『荒謬』，比又聾又瞎的上帝，更應該對孩子之死負責。」

沙特太會寫了，他的文章充滿感動與說服的力量，我們很容易就被他的文章感動、說服，如果我們沒有先讀過卡繆，沒有深入理解卡繆究竟在想什麼、在主張什麼的話。

沙特用社會學來對抗哲學，用現實的社會苦痛來反諷哲學論理，用直接的感受來彰顯哲學思考的間接、迂迴、抽象。沒有人比沙特更明白，這種說法有多不公平，因為沒有人比沙特更明白哲學是什麼，哲學思考和社會現象表現中間有多大的差距。

但為了反駁、攻擊卡繆，沙特放棄了哲學，站到社會學那一邊來嘲笑哲學。或者應該更根本地說：這時候，寫《反抗者》的卡繆，最主要的身分仍然是哲學家、哲學思考者；但沙特卻已逐漸離開哲學與哲學家本位，變成了一個文化與運動的明星。沙特的立場，毋寧比較接近不斷尋求群眾掌聲與肯定的明星，遠離了問艱難問題，提供艱難、抽象答案的哲學家。

〈答卡繆書〉發表後，兩人的論爭勝負立判。卡繆成了左翼陣營中的黑羊，黯然地承受了眾多朋友的指責與疏遠。沙特把卡繆罵慘了，於是反對沙特、討厭沙特的其他人，像是另一位當紅的評論家雷蒙．阿宏[16]，便積極表達對卡繆的支持與讚許。然而這只給卡繆帶來更大的難堪，因為這些人都是不折不扣的右派，他們的支持與讚許，似乎正坐實了沙特對他的指控：他現在是個「資產者」，倒到敵人那邊去了。

既是法官，也是懺悔者

卡繆和沙特之爭，不是、也不可能在論理層次上見輸贏。當時的社會氣氛、當時法國左右陣營的情況，將勝利判給了沙特。卡繆大受打擊，他不甘心地多次試圖提出其他答辯說法，但在這個戰場上，尤其是面對沙特，他沒有任何勝算。

激憤難消的情況下，卡繆做了一個決定，他決定寫一篇小說來暴露攻擊他的人有多麼虛偽，包括沙特。本來只想寫一個短篇，但後來擴張為長篇，成了他接著出版的

16 雷蒙．阿宏（Raymond Aron，一九〇五～一九八三），法國社會學家、哲學家、政治學家。猶太人，一九四〇年為逃離納粹而流亡倫敦。主張自由主義；批評沙特和西蒙波娃的左派傾共、無神思想。著有《論治史》、《知識分子的鴉片》等書。

另一部重要作品——《墮落》（*La Chute*）。

《墮落》中，卡繆寫了一個每天將「行動」掛在口上的知識分子，在一個冬天的夜晚，他走過一座橋，突然在橋上聽到一聲冷笑，那聲冷笑標示了他原本在人前風光亮麗的人生開始崩解。冷笑聲提醒了他一件刻意被遺忘的往事。

兩年前，同樣的冬夜，同樣是走過這座橋，他行經一個女人的身邊，一走過去，那女人就在他身後從橋上躍入冰寒的河中。他清清楚楚聽到女人落水的聲響，卻沒有停下腳步。

他繼續向前走，一邊走一邊告訴自己：「不，她沒有跳。」接著換成告訴自己：「唉，我現在回頭也來不及了。」

卡繆報復地描述、諷刺那些大談特談「行動」的人，在沒有人看到、沒有人知曉的暗夜中會有的反應。要在嚴寒天氣中下水救人，那麼具體的折磨，勝算又那麼沒有把握，更糟地，就算成功了，也沒有人知道，這些條件讓他直覺地選擇不回頭、不行動，寧可在心底快速尋找自我安慰的藉口。

不過，卡繆畢竟是個太優秀、太傑出的思考者、小說家，等到他真正動筆寫這個故事，他無論如何沒辦法把小說寫得那麼簡單、那麼透明，單純只是發洩他對這些人的憤怒、不滿。

本來的短篇擴大變成長篇，本來要寫敵人的內容，結果把自己也編織進去，於是諷刺、報復的訊息變得模糊不清。在《墮落》中，卡繆創造了另外一種特殊的角色原型——法官懺悔者。既是法官，也是懺悔者。

相信「存在主義」，反對「本質」的人，必然拒絕別人用外在的任何標準來評斷你。於是，你只能、你必須成爲自己的評斷者、自己的法官。別人批判我，我都主張那是錯的，你們用了我不承認、非我「存在」的「本質」來規範我、來定義我，我不接受。但如此一來，「存在主義者」難道就超越於是非，不管做什麼事，都可以主張、相信自己是對的，沒有人能批評他，讓他承認自己有錯？

顯然，在和沙特翻臉的過程中，尤其是和沙特辯論的過程中，讓卡繆對這個現象有了很深又很痛的體悟。沙特不會錯，沒有任何人，包括卡繆，都沒有辦法、沒有資格指責沙特的錯誤。

卡繆無法只是寫小說來諷刺沙特，依照他的個性，他往下追究到根源處，討論「如何審判『存在主義者』？」不受別人審判，那就只能自己審判自己；不對別人認罪，那麼就只能對自己認罪，這是「存在主義」帶來的另一種更深切、更艱難的道德。這並不是一件輕鬆、容易的事。你要對自己「誠實」，向自己認罪告白，當你「誠實」的那瞬間，你既是一個懺悔告白的罪人，同時又是一個接受懺悔告白、進行審判的法官。

做任何事情，必須通過自己的評判。法官與懺悔者兩個角色隨時合而為一，無法分開。四十六歲出車禍英年早逝之前，卡繆最努力於思考、建構的，正是「法官懺悔者」的概念，原來對立的兩個角色，如何透過了「存在主義」哲學，而不得不統一在同一個人身上，創造了更個人、更大、更絕對的道德責任。

始終忠於「存在主義」原則

雖然卡繆不承認自己是「存在主義者」，但他的思想、他的價值、他的哲學體系，一直都籠罩在「存在先於本質」的信念中，因而以「存在主義」來稱呼他、解釋他，還是最容易、也最貼切。

反諷的是，這個不承認自己是「存在主義者」的人，比所有同時代的「存在主義者」，更堅持、更忠於「存在主義」的原則。沙特、梅洛龐蒂，他們的哲學能力都高過卡繆，他們的哲學論理都寫得比卡繆的更嚴謹、更漂亮。然而若是回到「存在主義」之所以興起的根本價值——哲學不只要解釋，而且還要有助於眞正解決人活著、存在的問題，他們經常都有了太多哲學，以至於忘了「存在」；或用自己太過精巧的哲學能力，扭曲了「存在主義」的基本立場。

卡繆最「誠實」，他的生命最爲不安；其不安，來自於自我哲學選擇而不得不忍受的不安。

GREAT! 7201X **忠於自己靈魂的人：卡繆與《異鄉人》**

作者	楊照
特約編輯	曾淑芳
封面設計	鄭佳容
責任編輯	巫維珍（初版）、徐凡（二版）
總經理	謝至平
發行人	何飛鵬
出版	麥田出版 地址：台北市南港區昆陽街16號4樓 電話：(02)2500-0888 傳真：(02)2500-1967
發行	英屬蓋曼群島商家庭傳媒股份有限公司城邦分公司 地址：台北市南港區昆陽街16號8樓 網址：http://www.cite.com.tw 客服專線：(02)2500-7718｜2500-7719 24小時傳真專線：(02)2500-1990｜2500-1991 服務時間：週一至週五09:30-12:00｜13:30-17:00 劃撥帳號：19863813　戶名：書虫股份有限公司 讀者服務信箱：service@readingclub.com.tw
香港發行所	城邦（香港）出版集團有限公司 地址：香港九龍土瓜灣土瓜灣道86號順聯工業大廈6樓A室 電話：+852-2508-6231 傳真：+852-2578-9337
馬新發行所	城邦（馬新）出版集團【Cite (M) Sdn Bhd】 地址：41-3, Jalan Radin Anum, Bandar Baru Sri Petaling, 57000 Kuala Lumpur, Malaysia. 電話: +6(03) 9056 3833 傳真: +6(03) 9057 6622 讀者服務信箱 :services@cite.my
麥田部落格	http:// ryefield.pixnet.net
印刷	前進彩藝有限公司
初版	2014年4月
二版一刷	2024年4月
售價	340元
ISBN	978-626-310-621-5（平裝）
EISBN	978-626-310-6208（EPUB ）

國家圖書館出版品預行編目資料

忠於自己靈魂的人：卡繆與《異鄉人》／楊照著.
－－ 二版. －－ 臺北市：麥田出版：家庭傳媒城邦分公司發行, 2024.04
　面；　公分：－－（Great!；7201X）
ISBN 978-626-310-621-5（平裝）

1.卡繆（Camus, Albert, 1913-1960） 2.小說
3.文學評論

876.57　　112022798